無法計算的青春

AoHaru*poInt

佐野徹夜
Tetsuya Sano

插畫：loundraw

輕文學
Light Literature

第一章

1

每個人都有看不見的分數。

這個故事是關於看得見這種分數的我。

我們總是被分數左右，分數很重要。

這不是一個誇大的故事，也不是複雜的故事或難懂的故事。總之，這不是那類奇異故事，沒有奇幻元素，也沒有小說般的設定……應該沒有。

這是個更加普通、更加理所當然——換句話說，對於現在的我們而言，是個真實且切身的故事。

至今我依然不明白，該怎麼向別人說明發生在自己身上的怪異現象。

「我看得見。」

這麼說活像是有陰陽眼，有些難以啟齒。「你也知道？將門好像附在我身上，就是平氏的那個。」要是對方像這樣扯開話題，可就傷腦筋了。

所以我鮮少對別人提起這件事。

唯一的例外是醫院的醫生，而且那是迫於無奈。

「你的意思是，你還是會看到幻覺？」

「幻覺……那真的是幻覺嗎？最近我越來越覺得不可思議了。」

「青木同學，我們來整理一下你的說法吧。」

醫生拿起筆，在影印紙上寫字。

「這是人。」

他在像是廁所標誌的圖形頭上寫下「50」這個數字。

「你可以看見人頭頂上的數字，對吧？」

我點了點頭。

我在去年被金屬球棒打到頭。

當我在醫院病床上醒來時，還以為自己的腦袋壞掉了。

整個世界看起來閃閃發亮——這不是比喻，空中真的有許多亮晶晶的東西飄浮著，讓我慌了手腳。

當下我只有一個念頭，就是好漂亮，隨即才開始煩惱：「喂喂喂，該怎麼辦？」

每天，我都迷迷糊糊地看著這些亮晶晶的東西，直到一個禮拜以後，亮晶晶才慢慢消失。我帶著有些遺憾的心情看著光芒逐漸縮小。

後來亮晶晶完全消失了，可是這回又出現了其他幻覺。

起先，我不明白那是什麼。

人的頭頂上浮現兩位數的數字。

——好噁心。

這是我對那種數字的第一印象。

「每個人的數字都不一樣，對吧？那我問你，你覺得那是什麼數字？」

「這個嘛……該怎麼說呢？我認為那些分數代表一個人的價值，平均大約是50分左右。」

「順便問一下，我是幾分？」

醫生用半開玩笑的語氣問道。他的語氣帶有一股莫名的自信，讓我很不愉快。

AoHaru*poInt 無法計算的青春

67分。

「46分。」

我討厭醫生，所以撒了謊。

「那果然是幻覺。」

順道一提，這個醫生和我媽搞外遇。

46是我爸的分數。

我跟班導說過上午要請假去醫院複診，班導也准假了。

走出醫院一看，天空十分耀眼。陽光白晃晃的，萬里無雲，放眼望去全是天藍色，讓人好想就這麼離開這裡，到很遠的地方去。

不過，我不能永遠沉浸於這種感傷的氣氛中逃避現實。

我立刻將視線移回地面上。

想當然耳，那些數字又映入眼簾。

有夠煩的。

我看得見來來往往的行人頭上浮現了奇怪的數字。

為了方便起見，我將它們稱之為「分數」。

走在路上、坐在電車裡，我都可以看見人們頭上的分數。雖然早已習慣，但是每次回診過後，我還是會為了這種不合常理的現象鬱悶不已。

那只是單純的幻覺……或是某種靈異現象，我不知道。

總之，我就是看得見。每個人的頭上都浮現兩位數的數字。

我根本不想看。

那些數字代表的似乎是一個人的價值——看見數字以後，我很快地察覺到這個事實。差勁的人分數很低，厲害的人分數很高。

去學校前，我先去車站的廁所照鏡子。眼前映出一個不起眼的高中男生，也就是我。53，平凡的分數。

我從書包裡拿出髮膠，抹在頭髮上，接著又脫下眼鏡，戴上隱形眼鏡。這麼做很麻煩，可是我不想用剛才那副模樣去上學。整理好儀容之後，我的分數變成54分。雖然僅有些微之差，我還是很重視。

我在心中塑造自己的形象——不是青木菌，是青木直人。回想青木直人的形象，融入教室裡吧。我檢查自己的禮貌性笑容，應該沒有很假吧？接著又挺直駝背，調整臉部肌肉，靜靜地做了個深呼吸。必須掩藏自己其實一點也不開心的事實。我看著鏡子，變換表情，輕輕搖了搖頭消除不安，並暗自祈禱：希望今天也能夠不醒目、不突兀、安安穩穩地度過學生生活。最後，我對鏡中的自己說了句「加油」，就像崔維斯和文森．加洛那樣。

晚到的我拉開了門，進入教室。每逢這一瞬間，總是會有點緊張。第四節課已經開始了。

教室裡的同學頭上浮現了分數。

49、53……

62、52……

司空見慣的數字。

49說道：「青木，你太晚來了吧！」接著53也小聲地調侃：「睡過頭啊？」就算說明原委，大概也只會把氣氛弄得很怪而已，所以我回答：「昨天上網看太多影片了。」「什麼影片啊？」「八成是xvideos吧？」網站名稱成了防止女生聽懂的密語。其實他們沒有一點是說對的，但我還是刻意搞笑地說「正確答案」，結束了對話。

有時候，聊著聊著，我會好想消失。好想立刻從這裡消失，如果能夠變成透明人就好了。

今天上學一樣覺得好累。

不過，有人調侃還算好的。要是沒人理睬，那才糟糕。

我從書包裡拿出筆記本。

重新審視浮在教室空中的同學們分數。

今天要挑誰？

我的視線停留在班上的最高分。

78——格外醒目的數字浮現在他的頭頂上。他的分數比其他人高出一大截。

黑色短髮，結實的肌肉與英挺的五官。他的外貌宛如美麗的烏鴉，有一種引人注目的氣場。

這麼一提，平時他好像總是處於同學們的中心。

曾山文隆。

我在筆記本右邊頁面的最上方寫下這個和我不熟的同學名字。

78。

平均是50分，代表他的加分要素與扣分要素總合過後，還加了28分。

我集中精神，凝視他的分數。

不久後，分數的細目顯現了。

網球社（+4），高個子（+2），苗條肌肉型（+2），長得帥（+6），會打扮（+3），社交能力好（+7），學力優秀（+4）……我將這些逐一浮現又消失的細目抄在筆記本上。

我不只看得見分數，只要集中精神凝視就能看見緣由，也就是分數的細目。

使用這種……神祕力量，其實挺累人的。

這種活像超能力卻毫無用處的力量，如果只用來看分數倒還好，若要查看分數的細目，我就會疲倦不堪。

第一種能力可以看到人的總分，這種能力用了不會疲倦。

第二種能力可以看到人的分數細目，使用這種能力需要集中精神。

第二種能力一天頂多只能使用一、兩次。

查看曾山的分數細目以後，我累垮了，上課內容完全聽不進去。

既然這麼累，別看不就好了？這話說得一點也沒錯。

這種神祕能力其實沒什麼用處，不過，我還是試著活用。

我參考別人的分數，努力提升自己的分數。打個比方，上高中以後，我開始注意自己的外貌，就是因為察覺注重外貌的人分數通常比較高。如此這般，我建立假說、付諸行動，周而復始地逐步提升自己的分數。

好，我重新審視曾山頭上浮現的78這個數字與細目。他可稱之為高規格男生，分數太高、太完美，我根本不知該從哪裡學起。分數這麼高的人十分罕見。

依據個人調查，要過幸福人生，提升分數是很重要的。

身為人的價值若是夠高，無論在面試時、公司裡或是任何地方都會閃閃發光。成功者的分數全都很高。

總之，曾山同學的未來一片光明。

啊，真羨慕他。

我是真心這麼想。

我很羨慕他，覺得他很厲害。下輩子投胎，我也想變成像他那樣的人。

分數高的人應該活得很快樂、很幸福。

而我呢……又是如何？

54分的我，成績還好，腦筋不差，不過沒什麼社交能力，個子也比平均矮了一點。雖然整體而言算是中上，但是隨時可能跌下來。

跌到哪裡去？

大家都知道，只是不明說而已。

所以，為了守住自己的小老百姓人生，我可是很拚命的。

十五歲。到了這個年紀，就會漸漸明白自己不是什麼大人物，以後也不可能成為大人物。

我一定無法出人頭地。

大概和班上的絕大多數人一樣。

坐在小公司裡的骯髒辦公桌前用Excel製作無趣的資料，向人鞠躬哈腰，參加根本不想參加的應酬，逢迎陪笑，到了中年以後，工作搞不好還會被人工智能搶走——我有這種預感。不樂觀的未來，但是無可奈何。

我的分數很平凡，我的未來八成也是一樣普通吧。

無可無不可、平淡無味的人生。

哎，這樣也好。真的。

只要別奢求太多，得過且過，應該還是可以快快樂樂地過活。

人生最重要的就是認分。

2

即使是我這種唯一特徵就是不起眼的平凡高中生，也有個小小的樂趣。

就是午休時間。

除此之外，沒有其他的快樂時光可言。

第四節課的下課鐘聲響起，我前往視聽教室。

坐在窗邊，靜靜等待。我已經在學生餐廳買好自己要吃的麵包了。

我望著時鐘。她有時候會來，有時候不會。

不久後，班上某個女生走進了視聽教室。

成瀨心愛。

她一打開門，我的灰色世界便染上色彩。

「辛苦了。」

成瀨總是這麼對我說。我看起來很累嗎？或許真的是吧。

成瀨的分數很高，有74分。

我也看過她的分數細目一次，雖然記不太清楚了，不過應該有抄在筆記本上。她的分數大多是靠她超級可愛的外貌得來的。

換句話說，成瀨真的很可愛。

應該是全年級最可愛的女生。

成瀨的容貌是「努力型的天才」。

端正的五官、白皙透亮的肌膚、高挺的鼻梁、水汪汪的大眼睛、纖細的脖子，全都是與生俱來的完美。

再加上一頭打薄的亮色中長髮修剪得整整齊齊，永遠那麼高雅；還有那沒有絲毫贅肉的身材、細長的眉毛和淡粉紅色的嘴唇。她的一舉一動全都無可挑剔，而且，在她身邊總是可以聞到一股香味。

「青木……」

成瀨在視聽教室的桌子上打開自己的便當，準備開動。

「你上課的時候總是在筆記本寫些和上課內容無關的東西，對吧？你在寫什麼？」

被成瀨這麼一問，我慌了手腳。

記錄了班上同學分數的筆記本。

那本筆記本的存在一旦曝光，大家一定會排擠我。

不管是誰，都會覺得那本筆記本很噁心吧。這一點我自己也曉得。

「沒什麼啦……不，真的沒什麼。」

我說道。成瀨似乎想說什麼，但最後還是沒有說出口。

氣氛變得有點尷尬，我暗自後悔。不知是不是為了沖淡這種氣氛，成瀨主動改變話題。

「啊，之前向你借的育江稜漫畫，我已經看完了。」

「怎麼樣？」

「超好看的！好感人～我都哭了。」

「妳每次都這麼說。」

「才沒有呢！你有時候說話真的很刻薄耶。」

她嘟起嘴，露出抗議的表情。我努力擺出無聊的樣子，以免「成瀨好可愛」的心聲表露到臉上。

我和成瀨偶爾會像現在這樣，在午休時間的視聽教室裡聊少女漫畫。

對我而言，這是段低調的祕密時光。

＊＊

成瀨與我原本沒有任何交集。這是當然的，成瀨是班上的中心人物，閃閃發亮的校園生活女主角，而我則是無關緊要的平凡54分角色。

像成瀨這樣的人，通常是和高分的人說話，比如曾山之類的。事實上，平常和成瀨說話的男生好像是以曾山那個小團體的人居多。

這樣的我和成瀨產生交集，是在距今兩個月前，四月某一天的放學後。

順道一提，我常看少女漫畫。理由沒什麼大不了的，只是因為姊姊的書架上有，我沒事的時候拿來看，看著看著就迷上了。有段時期，我一直待在家裡，因為閒得發慌就把古今中外的少女漫畫全看完了，現在甚至會用自己的零用錢購買少女漫畫。

不過，我對周圍隱瞞了自己是個少女漫畫迷的事實，因為我覺得一旦讓人知道我這個大男生居然喜歡少女漫畫，分數一定會暴跌。

然而，某天午休時間，卻被成瀨看到我偷偷帶來的少女漫畫。

「青木同學，你喜歡看少女漫畫？」

成瀨一臉意外地問道。糟糕，不妙，怎麼辦？「我也是。」同時，毫無交集的成瀨突然主動跟我說話，讓我有些驚訝。

「你喜歡看少女漫畫，對吧？」

成瀨說道，我回過神來望著她的臉。那是我第一次在極近距離直視成瀨的臉龐，不禁暗想：「果然好可愛。」為了掩飾，我拜託她：「這很丟臉，妳可不可以替我保密？」

「我不覺得這種嗜好有什麼好丟臉的。」

不知何故，成瀨用一本正經的表情對我說道。

「欸，你有什麼特別推薦的少女漫畫嗎？借我看。」

我雖然有些困惑，不過隔天還是帶著裝了家中少女漫畫的紙袋去上學。

「欸，成瀨。」

我等到午休時間才和成瀨說話。「什麼事？」她回過頭來，此時我才察覺到繼續在教室裡說話好像不太方便。

「要不要去視聽教室？」

「好啊。」

午休時間的視聽教室裡沒有其他學生，大概是因為離平時使用的校舍有段距離。我是故意挑這種地方的。

「哇！這麼多啊？謝謝。」

看見我帶來的三十本推薦少女漫畫，成瀨有些驚訝。不過，聽在我的耳裡，像是因為我帶太多漫畫來而略微傻眼，讓我的心情頓時萎靡下來。

「對不起，帶了這麼多來。」

「幹嘛道歉？一點也不會啊，你想太多了。」

之後，我和成瀨偶爾會在視聽教室見面，討論少女漫畫。

我想，成瀨應該只是想找個陪她聊少女漫畫的夥伴吧。

不然無法解釋她為何會和我這種低分又沒價值的人說話。

**

總歸一句，成瀨很可愛。不知是不是因為這個緣故，有時候我會想敞開心房，對她傾訴一切，比如分數的事。或許她能理解，或許有機會……有時候鬼迷心竅，便會動起這樣的念頭。

不光是分數的事。不知道成瀨可否接受作繭自縛的我？我總是忍不住如此天真地期待……哎，只有一瞬間就是了。

隨即就會打消念頭。

其實我很想對成瀨說出一切，告訴她：「我喜歡妳，真的很喜歡妳。」

不過，我說不出口。

怎麼開得了口？

我根本配不上成瀨。老實說，我們的分數相差太多了。

即使如此，我還是很珍惜這段奇蹟般的時光。

所以，這樣就夠了。

我已經決定不再奢求什麼。

這不是分數普通的我努力成長的故事。

而是我付出適當的勞力，得過且過，追求平凡的幸福，微不足道又無聊的故事。

我知道「人生平凡就是福」。

所以，不會抱持過大的希望。

和成瀨交往之類的，我連想都不敢想。

3

我這種普普通通、得過且過的高中生活，是在六月的放學後開始改變的。

當時，我正在回家的路上，但突然感到不安，覺得自己好像忘記什麼，卻又不知道是什麼。

我懷抱著這種毫無根據卻又莫名顯著的不安，獨自從學校走回家。

走著走著，我實在無法釋懷，便停下腳步，往空無一人的巴士站長椅坐下，拉開書包的拉鍊。

仔細一看，果然沒有。

少了那本筆記本。

記錄班上同學分數的筆記本不見了。

我的臉色頓時刷白。

糟糕。八成是忘在教室裡，而且搞不好是大剌剌地擱在桌子上。

我有種不祥的預感，決定先回教室一趟。

要是被人看見就糟了。

糟糕透頂。

能不糟嗎？那本筆記本一旦被人看見，我就毀了。

詳細記錄班上同學分數的人──這種人根本有病吧？而且還寫了些很過分的評語，比如「個子矮（-2）」、「腦筋差（-1）」之類的。不能讓班上的任何人看見這些記述。若是被人看見，我的人生就完蛋了。

我走進教室裡。

那一天，幾乎沒有人留下來。

只有一個人除外。

獨自待在教室裡的，是同班同學春日唯。

看到她的瞬間，我立刻暗想：啊，是笨蛋春日。

笨蛋春日，分數是42分。

我幾乎沒和她說過話，但是對她印象深刻。

大概是因為她的分數比別人低許多吧。

一言以蔽之，她是教室裡的異物預備軍。

春日是個笨蛋。

土裡土氣，而且不懂得看場合。

上學常常遲到，課堂上被點到也只會說一些牛頭不對馬嘴的話。雖然不是不良少女，但她的行為活脫是個問題學生。

她的瀏海是齊眉式的，不知道是不是自己剪的，完全不適合她。戴眼鏡又白目，一副土包子樣。

應該沒什麼朋友吧。

她平時總是有氣無力，話也不多，可是一開始說話就像連珠炮似地停不住，溝通方式顯然有問題。

沒什麼優點可言。

明明是這副德行，正義感卻莫名強烈，這就是她被周遭疏遠的原因。

春日的分數驟降的那天發生的事，我以及班上的其他人應該都還記得。

當時在選班代，男生有曾山自願，一下子就敲定了，女生人選卻一直沒著落。後來，有人推薦班上最內向的女生，想把這份爛缺推給她。這時候，春日突然站起來說：「這樣太不合理了。」後來，在本人自願之下，春日成為女生班代。當時幾乎全班都對她投以白眼。從那之後，春日的分數就變得很低。

換句話說，她一點都不懂得算計。

就某種意義而言，春日和我是完全相反的人。

我內心有點瞧不起她。

不想和她扯上關係。

然而，春日現在竟然在翻閱我的筆記本。

令我大為動搖。

「那是我的筆記本吧？」

我走向春日，微帶怒意地說道。

直到此時，春日才回過頭來看著我。

「嗯，這果然是青木同學的筆記本啊。」

喂喂喂，妳在幹嘛？

「欸，妳幹嘛偷看我的筆記本……」

我想把筆記本搶過來，春日卻靈活地閃開我的手。

「因為你上課的時候，總是一臉認真地在筆記本上寫一些和上課內容無關的東西，我一直很好奇你到底是在寫什麼。」

「也不能因為這樣就……」

「所以我就偷看了。」

不，別隨便偷看別人的筆記本！

「青木同學，拜託你。」

春日的表情莫名認真，令我有點畏怯。

「跟我說我的分數。」

聞言，我毛骨悚然。

這傢伙全都知道了。

「欸，我是幾分？」

42。

分數持續顯示在她的頭上。

「不知道。筆記本還我。」

「青木同學，這本筆記本讓別人看見沒關係嗎？」

一時間，我不明白春日的言下之意，愣在原地。

……讓別人看見？

「筆記本上寫的內容，我可以跟班上同學說嗎？說青木同學替全班同學打分數。」

「妳是在威脅我？」

這樣不好，應該不好，鐵定不好。傷腦筋，不行，我的高中生活會完蛋，會毀於一旦。

這種中二病筆記本的存在一旦曝光，我就毀了。

雖然只有區區54分，但也是我拚命攢來的分數，不能失去。

「看了這個以後，我也想知道自己的分數。」

春日的表情有些不安，我越來越搞不懂她在想什麼。

「所以，青木同學，跟我說我幾分嘛。」

我咂了下舌頭，對春日點了點頭說：「好吧。」

繼續在這裡僵持不下，說不定會有人來教室。我怕被其他人聽到我們的對話，得知筆記本的存在。

「喂，那我要開始囉。」

我用近乎瞪視的力道，筆直地凝視春日。

集中精神，查看她的分數細目。

「白目（-4），俗氣（-1），功課不好（-1），沒朋友（-2）。」

疲倦感立即席捲而來，有種天旋地轉的感覺。我忍著頭暈，努力用冷淡的語氣告知春日：

「42分。」

我說道，春日看著我，露出失落的表情。

「妳是42分。」

「好低喔。」

春日困惑地說道。

「不過，謝謝你。」

她露出了舒坦的表情。

「呃……對不起。」

我察覺自己在焦躁之下說了很傷人的話，開口道歉。

「我好像說得太過分了。」

「你不必道歉啦。」

春日嘆了口氣。

「這些應該都是事實吧。」

不過，她看起來似乎很難過。

「……妳為什麼想知道自己的分數？」

我詢問，春日沉默了一會兒才回答：

「我想知道別人是怎麼看待我的。」

「為什麼突然想知道？」

春日看起來不像是在意別人眼光的人，所以我覺得很不可思議。

「青木同學，你有喜歡的人嗎？」

她突然這麼問，令我大感困惑。

「有啊。」

我很驚訝自己居然回答了。

並不是沒人問過我這個問題，不過大多時候我都是沉默以對。

可是面對春日，我居然老實回答了，實在不可思議。或許是春日那種奇怪的「坦白態度」影響了我吧。

「我也有。」

老實說，我有點意外，因為春日看起來像是對男女情愛沒興趣的人。

「呃……我打算……白。」

斷斷續續的聲音，我完全聽不懂她在說什麼。

「什麼？我沒聽見。」

我反問，春日有些火大地拉高音量。

「我打算告白。我想告白。」

她的聲音、眼神和手都微微地顫抖。

「啊？什麼？也就是說……」

我有一種要命的不祥預感，問道：「難道……妳喜歡我？」

「別誤會行不行？」

春日氣憤地說，我則是暗自鬆一口氣。幸好這段對話不會發展成麻煩事。

「不是你，是曾山同學。」

「曾山？」

我感到雙重吃驚。一方面是驚訝春山竟然毫無防備地和根本不熟的我談論戀愛話題，另一方面是驚訝她喜歡的居然是和她完全不相配的曾山。

「一起當班代的時候，曾山同學對我很好，而且他很帥。」

「妳跟曾山……呃……該怎麼說呢……」

我不知道該說什麼才好，話一出口就不知如何接下去。

「你有話想說就說清楚啊。」

「你們完全不相配。」

「囉唆，閉嘴。」

「是妳叫我說清楚的耶……」

「那就繼續說下去。」

「你們的分數差距太悲劇、太滅絕、太終局了。」

「你還是閉嘴吧。」

春日難為情地說道。見狀，我察覺春日是認真的。

該怎麼辦？

我思考了兩秒，立刻得出結論。

別理她。

這種笨蛋會不會吃到苦頭，與我無關。

毫無關係。

用不著跟毫無關係的事扯上關係，也用不著執著。

反正不重要。

「哎，妳好好加油……那我回去了。」

正打算回去的時候，我突然暗想——

分數差距如此懸殊的戀愛真的能夠成立嗎？

不不不，不可能吧。

那會變成怎麼樣？

我試著回想過去的模式，在腦內對照自己過去的所見所聞。

現在的春日和曾山，分數差距太大，她就算告白大概也會失敗吧。

一點也不妥當。

做不妥當的事是自取其辱。

做了自取其辱的事……分數就會更加大幅下降。

被當成話柄、當成笨蛋，被嘲笑、被欺凌。

我從前也認識這樣的人，知道那個人最後是什麼下場。

不會有好結果的。

要是春日的分數繼續下降，一定會……

我不想看到那樣的情況發生。

為什麼？

我根本不在乎春日。

蠢斃了，無聊透頂，跟我無關。別管她就好，對我一點好處也沒有。我該冷靜下來，好好思考得失。如果把人際關係列成資產負債表，和春日扯上關係只會造成虧損。完全沒有好處，只有壞處，只有損失。無意義，不理性，沒有建設性，徒勞無功。

明明很蠢，不知道為什麼，我卻覺得不能放著不管，而且這種念頭越來越強烈。隨著一秒、兩秒、三秒、四秒過去，這種不能放著不管的心情彷彿病毒般逐漸增生。而我宛若發了原因不明的高燒，在連自己都不明就裡的狀態下回頭看著春日。

渺小的春日。

硬要打腫臉充胖子，做超出自己能力範圍的事，是種愚蠢的行為。這不叫勇敢，而是魯莽的自殺行為。

要是她告白失敗，最糟的情況……哎，大概是被霸凌吧。我完全不想看到這種情況發生。

不過，春日正好位於這條界線上。

「春日，跟曾山告白不可能成功的啦，妳最好掂掂自己的斤兩。」

我用略微顫抖的聲音對她說道，心中抱著些許期待：春日會不會就此放棄？

而且，我彷彿是在告誡自己一般。

欸，春日。

人活著，就要認分。

這樣比較輕鬆。

更重要的是，這樣就不會受到傷害，也不會傷心難過。

人還是別逞強比較好。

我是真心這麼想。

「不行啦！跟曾山告白？一定會失敗的，妳還是打消念頭吧。」

「青木同學，你不懂啦。」

「我懂，因為我也……」喜歡成瀨。

「那我該壓抑這種喜歡的感情，一輩子都抱著認分的心態活下去嗎？」

沒錯。「就是這樣。」「妳自己也很清楚嘛。」「正確答案。」——這些話語猶如夏夜的煙火般盛大地浮現於腦海中，隨即又消失無蹤。

「不是。」

然而，我竟然轉向春日，說出完全不同的話語。

我到底在說什麼？

真是蠢斃了。

可是……

像我這樣認分過活的人生才是聰明的選擇——我不認為這是可以抬頭挺胸對別人說的話。

一想到這一點，在一時衝動下，我說出了完全不這麼想，也完全不相信的話語。

「不用認分，也不用死心，只要努力提升分數就行了。」

要告白也行，沒問題，先提升分數就好。

「分數提升了以後……」

成為相配的人，向對方告白。

只會說「反正不會成功」，完全不採取行動——在這種認分感轉移至全身、病入膏肓之前，向對方告白。

「……就可以說出妳喜歡他。」

這麼一來，一定可以改變什麼。

「我也會向成瀨心愛告白的。到時候，我們一起告白吧。」

「你、你喜歡的是成瀨同學？」

「不行嗎？」

「……一點也不配。」

不知何故，春日笑得十分開心。

「欸，妳有資格說我嗎？」

「當局者迷，旁觀者清嘛。」

如此這般，我和春日在放學後的視聽教室裡約好一起提升自己的分數。

雖然前途坎坷，我還是想試試看。

而這次會面成了我和她高中生活的分歧點。

第二章

1

和春日在哪裡說話，是個頗為重要的問題。

「我哪裡都行。」

就算春日哪裡都行，我可不行。

要是被班上同學看見我和春日這種低分女生說話——光是想像，我就忍不住發毛。

隔天早上，黑板上一定會多出一幅精美的雙人傘圖吧。

啊，我不要我不要我不要！打死我都不要，唯有這件事敬謝不敏。

要是演變成這種狀況，我的分數一定會暴跌，像尼加拉大瀑布一樣一落千丈，以悲劇收場。這等於是替我的校園生活宣告死亡。齊克果說過：「致死的疾病，即是絕望。」不過對於我來說，校園生活的死亡，即是分數下降。分數一旦下降，就無法正常地過校園生活，這麼說絕不誇張。浮現於腦海中的只有痛苦的未來。

分數會因為人際關係而變動。

我不想被學校裡的人看到自己一本正經地和春日長時間交談的情景。這一點絕對要避免。

那麼，我該在哪裡和春日說話？

身為一介高中生的我，選項並不多。

如此這般……

無可奈何之下，沒有其他地方可去的我，只好帶春日來到自己的房間。

「打擾了。」

她在被爐桌前的地板上坐下來。

「收拾得很乾淨嘛。」

春日說道，環顧我的房間。我本來就沒放任何多餘的物品，東西少即使想弄亂也亂不起來。床鋪、被爐桌和代替坐墊的靠墊，除此之外幾乎什麼也沒有。和同年代的人相比，或許算是收拾得很乾淨。

「所以你的人際關係也收拾得很乾淨。」

春日喃喃說道。這句話可不能聽過就算了。

「妳是想說我沒朋友？」

「你有嗎？」

「是沒有，可是如果可以和房間的狀況連結，以後我都不敢收拾房間了。」

「知道了，對不起，是我失言。」

春日很乾脆地道歉，我就不和她計較了。

「進入正題吧。」

我刻意營造正式的氣氛，對春日說道，並攤開筆記本，用自動鉛筆寫下議題「關於分數」。

「先來確認狀況。」

我重新對春日說明她的分數和細目。

依據個人調查，人的分數有很多種類。

大致上可分為固定分數和變動分數。

固定分數指的是今後除非發生什麼大事，否則不會變動的分數。換句話說，固定分數光靠努力難以改善，比如身高之類的。高中生繼續長高的可能性並不是零，不過再長也沒多少。

春日的分數之中，有哪些固定分數？

我針對春日的外貌進行分析。

春日的身高比平均值還要低一點，不過對於女生來說，這算不上是扣分要素。

「春日，妳覺得妳的長相有幾分？」

長相——當著本人的面批評女生的容貌，讓我的良心隱隱作痛。

「滿分一百分……？」

「妳的心理素質真強大啊！」

我有點羨慕她。我也希望自己能這麼想，但是做不到。

我忽略她的說法，暫定為普通。

沒錯，春日並不是外在條件生來特別糟的類型，固定分數其實還算可以。這也是我要春日「努力提升分數」的理由，因為她還有救。

搞不好春日的五官本身其實比普通好上許多。

然而，她的外貌給人的印象欠佳。

問題出在她的變動分數，也就是服裝品味。

「春日，呃，該怎麼說呢……」

我們高中是穿便服上學，這對她而言或許是種悲劇。

我也不是很懂打扮，沒什麼品味可言，不過她更加沒救。

或許該說，她根本不注重打扮。

她通常穿著灰色連帽上衣，還搭配灰色長褲，背著背帶調到最長的斜背包上學，完全沒化妝。就某種意義而言，或許可稱之為中性化，不過有些嘴巴比較毒的傢伙說她「活像溝鼠」、「單人琳達琳達（註1）」。

還有成了春日註冊商標的瓶底眼鏡，大大地遮住臉，使得她的外貌嚴重失衡。這是在搞什麼？搞笑嗎？

她的打扮令人絕望，不過這點似乎有改善的餘地，應該很快能收到成效。

「春日，妳把眼鏡拿下來看看。」

註1：〈琳達琳達〉為日本搖滾樂團THE BLUE HEARTS的歌曲，開頭的歌詞是「想變得和溝鼠一樣美」。

「咦？為什麼？」

「別問了。」

我等得不耐煩，直接伸手搶走她的眼鏡。

「幹嘛？」

我們四目相交。還不壞嘛，仔細一看，她頭上的分數變成43，上升一分。這樣看來很簡單吧，春日原本的分數太過糟糕，要提升應該很容易。

「春日，妳改戴隱形眼鏡。」

「咦？不要。」

春日把搞笑般的眼鏡戴回去之後，分數立刻恢復為原本的42分。

「不管妳要不要，照著做就對了。」

接下來是她的學力。這也同樣令人絕望。

「春日，之前的期中考妳考得怎麼樣？」

我詢問前幾天的考試分數，不知何故，她一直不說，扭扭捏捏的，看了就煩。

「大、大概六十分吧？」

「什麼叫大概？分數沒有大概。」

「我、我不記得了嘛。」

不過，我知道春日的功課很爛。不光是我，班上的人都知道。老師點名春日回答問題時，她都是答非所問；之前社會科問她國民的三大義務是什麼，也不知道她是想到哪裡去了，居然自信滿滿地回答：「食欲、睡眠欲和性欲。」鬧了大笑話。

「老實招來，跟我裝蒜沒有用。」

於是，春日不情不願地招認自己的分數。

每科都是低空飛過，我沒想到她的分數爛成這樣，立刻憂鬱了起來。

「你自己的成績也不是很好啊。」

春日只要開關一打開，就變得口無遮攔。不知是不是因為現在房裡只有我們兩人，她的開關隨時開著。不是什麼大問題，就是有點煩。

「那我也會用功讀書。不過，我比妳好多了。」

說著說著，麻煩事又增加。

「還有社交能力。」

我的社交能力也不高……換句話說，我沒有資格說大話。只要一個說錯，迴力鏢便會飛回來刺穿我的胸口。

「我的社交能力還不錯。」

「妳完全沒有社交能力吧。」

春日在班上沒有朋友，連閒聊的對象也沒有，完全被孤立。我知道原因是什麼，因為春日太白目了。

總是雞同鴨講，惹得周圍翻白眼。就連我也一樣，老實說，如果不是發生了這種事，根本不會和春日說話。

「春日，妳根本沒朋友。」

「你也沒有啊。」

果然被她踩到痛腳，我的胸口頓時抽痛一下。

「至少有人會和我閒聊。」

「可是你看起來一點也不開心，眼睛根本沒在笑。」

「哎，這一點我承認。」

沒錯，我的確沒有朋友，所以我的分數也不高，沒資格批評別人。

「不過，社交能力要怎麼提升？」

這是一道難題，我也想知道答案。

「這麼困難的問題我也不懂，以後再慢慢想吧。」

接著，我又逐一列出春日一些比較瑣碎的扣分事項。要找出她的扣分事項很容易。

「妳是回家社的，這一點也不太好。」

我和春日都沒有參加社團，也就是俗稱的回家社。考量到分數，這不是好的選擇。

參加社團，和別人交流的機會自然會增加，朋友也會變多。加入社群、多交朋友是提升分數最快的方法。

「知道了，我會加入社團。」

春日十分積極，立刻開始研究加入社團的事。她似乎是個老實人。

「問題是要加入哪個社團。」

「我要加入網球社。」

「為什麼？妳以前打過網球嗎？」

「完全沒打過。」

「那為什麼要加入網球社？」

「因為曾山同學也是網球社的。」

「呃……這是什麼理由啊？勸妳還是打消念頭吧。」

我有點反對，因為我認為現在的春日和曾山拉近距離的風險太大。

「可是，我還是要加入網球社。」

春日莫名起勁，完全說不聽，最後我也消極地贊成：「哎，好吧。」

如此這般，春日提升分數作戰的第一步，就是加入曾山所在的網球社。

突然加入網球社，簡直像是震撼教育，似乎稍嫌魯莽一點，不過這樣的結論淺顯易懂，倒也不壞。

2

之後，春日立刻加入網球社，結果三天就退社了。「能夠如此完美體現三分鐘熱度的人反而不多見啊。」這是我的感想，也對本人照實說了。

「我不是跟你道歉了嗎？」

一問之下，才知道女子網球社在一年級階段與男生沒什麼交集，而且非常講究學姊學妹制，在一年級這個不上不下的時期（六月）中途入社的春日，似乎遭受了輕微的霸凌。

「不行不行不行不行雙腳不行……」

我是不是該稱讚一下雖然眼神變得死氣沉沉但還是撐了三天的春日？可是我實在提不起勁，因為傻眼的情緒要來得強烈許多。

春日頭上的分數變成40分，降了兩分，完全是反效果。

這麼一提，成瀨也是網球社的，所以我打算趁午休時間去視聽教室不著痕跡地打聽一下春日的事。說歸說，我完全想不出「不著痕跡」地提起這個話題的方法，為此傷透腦筋。

「最近有沒有發生什麼特別的事？」

結果，午休時間，我只能努力裝出若無其事的口吻，不著邊際地詢問成瀨。

「咦？什麼事？」

成瀨驚訝地反問，看起來不像在裝蒜。

「有嗎……」

她迷迷糊糊地望著視聽教室的天花板，露出想起什麼的表情。

「啊，最近我姊姊交了男朋友？」

「原來妳有姊姊？」

「我沒說過嗎？她是大學生。」

總之，有一點我倒是明白了，就是對於成瀨而言，春日加入網球社並不是值得關注的話題。

我大可以就這麼結束話題。換作平時，我一定會就此打住，可是這麼一來完全不明白春日的狀況，所以我又繼續追問。

「社團活動呢？有沒有人入社？」

這種問法一點也不若無其事、不著痕跡，話剛說完我就後悔了。

「啊，確實有，春日同學入社了。青木，你怎麼知道？」

我那種問法擺明了是知道才問的。

「她好像適應不良……」

成瀨皺起眉頭說道，一副難以啟齒的模樣。從她的表情，可看出她對於春日在網球社的表現頗有微詞。

我又繼續向不願多談的成瀨追問，終於掌握春日在網球社的大致情況。都是些本人沒說的事。

根據成瀨所言，春日剛參加跑步訓練就昏倒，拒絕打雜，不知何故一握球拍就折斷，還把球打到顧問臉上，跟學姊頂嘴，把氣氛弄得很僵，最後沒說一聲便退社——根本是傳說嘛，留下這麼多事蹟做什麼？

「呃，哎，風評很差啊……」

談論春日時，成瀨的表情活像喝牧草汁的臨時演員。

「也不光是春日同學一個人的錯。我們社團裡的學姊啦，還有氣氛之類的都比較特殊，注重學姊學妹制，我想她只是無法適應而已。」

哎，是啊，或許是我不好。勉強春日做這些事，結果反而害她的分數降低。

「話說回來，你怎麼會問起這件事？你和春日同學的交情很好嗎？」

「一點也不，我和她沒什麼交情。」

雖然一瞬間有種背叛春日的感覺，但我和她確實沒什麼交情可言。再說，在這種狀況下，也很難啟齒告知「我最近常和她說話」。我在心中向春日道歉。

放學後，春日在我的房間裡鬧脾氣。

「我也用我的方式努力過了啊！」

她完全不掩飾臉上的不悅之色，忿忿不平。

「可是就是做不好嘛！」

春日無奈地說道，趴在被爐桌上。

「我已經努力過了，加一點分應該不過分吧……可以嗎？」

說著，春日抬起眼來望著我。

這麼一提，春日一直認為分數是我自行評定的，因為我沒有告訴過她「我看得見分數」。

「很遺憾……分數降低了，大約降低兩分左右。」

我看著春日頭上的「40」說道。

「哎，別放在心上，繼續進行下一步吧！下一步。」

我對春日說出這番不知道有沒有安慰效果的微妙話語。

突然間加入社團，太過勉強了。

「我決定改從更簡單的方向進攻。」

說著，我讓春日觀看智慧型手機上的某個網頁。

「這是什麼？」

「妳仔細看就對了。」

「揮別宅樣……時尚指南？」

春日一臉認真地看了片刻後，突然抬起頭來，正面瞪著我。

「欸，青木同學，你瞧不起我對吧？」

被發現了。

「完全沒這回事。就某種意義而言，我甚至很尊敬妳。」

「不，你根本是瞧不起我。我的打扮不宅啊！這是我在思夢樂和ＧＵ挑的同色搭配——」

她的打扮哪裡不宅了？我完全無法理解，不過我不想和她爭論這點，太麻煩了。對於她的時尚理論，我想起了「任何一種剃刀都有一套哲學」這句話，左耳進右耳出。

「所以妳到底要不要照著做？」

我有些厭煩地詢問。

「…………………………要。」

在長達約六個刪節號的沉默之後，春日帶著毅然決然的表情，如此說道。

3

相識時間久了，我漸漸了解春日其實是個老實人，這點可說是她寥寥無幾的美德之一。只要我提出建議，她便會立刻實踐，而且看起來頗為樂意。

總之，春日就這麼一點一滴、一絲一毫地變得越來越好。

我帶著有些難以置信的心情，看著春日頭上的分數一天一天地上升，活像墊底辣妹的偏差值一樣。

舉例說明，為了改善服裝，我們前往購物中心。我也一起幫春日挑衣服。

對我而言，挑衣服是件難事，不過最後我們參考雜誌，並聽從店員的建議，選了些色調比較安全的衣服，度過這一關。

春日瘦身成功，減掉三公斤。她並不胖，只是買了修身款式的新洋裝以後，自然而然地萌生想變得更瘦的念頭。雖然沒有劇烈的變化，給人的第一印象卻變得順眼許多。

「原來只要我有心，就做得到啊！」

「世上的大多數人，都是只要有心就做得到……只是不做而已。」

之後，春日開始主動向人攀談，只是態度有點戰戰兢兢。哎，她並不是個性陰鬱的人，向人攀談對她而言似乎不是件苦差事。

然後，春日……我不知道這算不算好事，她變得假仙起來了。

若對照春日的前後說話方式，大概是這樣——

前：跟她說話時，她盡說自己的事。

後：一直點頭附和。

「哦！」

「啊，原來如此。」

「好厲害！」

實不相瞞，教她這招的就是我。我稱這招為「哦啊原來如此好厲害法」。懶得說話的時候，用這招可以在不降低好感度的狀態下敷衍同學，是我自創的必殺技。

「總之，哎，包含妳在內，世上的絕大多數人都是希望別人聽自己說話，所以只要做出反應，對方就會喜歡妳。」

「可是這樣人家不會覺得我瞧不起他嗎？」

「盡量放感情進去就行了，別像我平時附和妳那樣，沒感情又敷衍又淡而無味零卡路里，要抱持最基本的敬意。哦！原來如此！好厲害——就像這樣。」

「我還是覺得你很瞧不起我……」

老實憨直的春日，在教室裡拚命實踐這套方法。起初，突然被春日攀談的同學們都是一臉訝異，但漸漸地，他們也對努力看氣氛迎合別人的ＮＥＷ春日敞開心房。

如此這般，不久後，春日終於有聊天的對象。在班上和她說話的人慢慢增加，她的分數也跟著上升。

「聽別人說話原來挺累的。我覺得好累喔，幹嘛這麼辛苦啊？」

春日每天放學後都會來我房間，像機關槍似地自說自話，或許是白天在校時的反作用力吧。如果不讓她宣洩一下，我怕她會抓狂，所以我都會隨便聽聽。

還有，春日開始用功讀書了。說歸說，她並不會自動自發地用功，所以我只好陪她在我的房間裡念書。

「春日，真虧妳考得上我們高中啊……」

雖然我們學校的偏差值不算很高，但春日的程度真的差勁到讓我不禁懷疑她是否真的有考上的地步。

「妳該不會是……走後門進來的吧？」

「你又瞧不起我了！」

我躲開春日丟過來的坐墊，繼續追問：

「不，我是說真的，妳到底是怎麼考上的？」

「……老實說，我的成績完全不夠，原本只打算考個紀念而已。大概是我亂猜的選擇題全部猜對了吧。」

「真的假的……」

「嗯……讓我矇到了……」

雖然我不確定春日的說法是不是真的，總之，春日的學力毫無疑問是全班倒數第一，而我的成績至少比她好一點，所以成了她的家教，天天教她功課。

「妳要付我時薪。」

我嘀咕道，春日一臉詫異地問：

「為什麼？現在是我在聽你說話，說起來算是我在服務你耶。耐著性子聽的人是我，我才想收錢呢。」

「妳這個人啊……」

我大為傻眼。

當她的家教之後，我發現一件事，就是春日的腦袋其實沒那麼糟糕。她那異常老實的性格發揮正面作用，讓她可以很快地理解基礎部分。國中課業沒學好，是春日在學習上遭遇挫折的主因，我只需要重新教一遍即可。

結果，她的小考分數變高了。繼續保持下去，或許期末考也能獲得不錯的名次。

如此這般，春日即使在課堂上被點到，也不再答得牛頭不對馬嘴，周圍看她的眼光跟著改變，分數日漸上升。畢竟她原本的分數很低，因此成長的空間很大。

為何我要如此大費周章？連我自己都感到不可思議。我似乎相當熱衷，也就是沉迷於提升春日分數的行為之中。

我並不是個好心的人，這麼做完全不是為了春日。我想，之所以協助春日，應該是出於一種遊戲心態。

支援春日的戀情就像是玩遊戲，挺有意思的。

每當春日的分數上升，耳邊便響起升級的配樂。

很有成就感。

感覺像在玩養成遊戲，培育怪物或偶像一般。

自從看得見分數以後，我一直是獨自記錄在筆記本上，獨自分析分數的細目。這段孤獨時光的總決算，或許就是春日大改造吧。

朋友變多加3分，小考分數變高加1分，明天要怎麼提升春日的分數？找件適合她的衣服吧，這樣分數會不會更高？

在我不斷嘮叨之下，春日總算拿下眼鏡，改戴隱形眼鏡，並稍微化了點妝。

「怎麼樣？會不會很奇怪？」

早上，在校門前偶然遇見時，我甚至沒認出跟我說話的人是春日。她給人的印象有了一百八十度大轉變。拿下俗氣又不合適的神奇威靈頓眼鏡，再加上這些日子以來為了提升分數而做的努力，春日看起來變得順眼許多。

「還不錯啊。」

我有點難為情地對她說道。

「我這麼做，該不會只是變成你喜歡的女生類型吧？」

春日突然一臉懷疑地說道，我忿忿不平地回答：「才不是咧！」

「最近春日同學變得不太一樣。」「她好像變可愛了。」在班上也可以聽到這樣的聲音。

「欸，我現在幾分？」

春日向我確認，她的表情看起來挺開心的，似乎也很享受這一連串的過程。

春日的分數變成56分。

但是我沒對她說。

說來好笑，春日的分數已經贏過我了。

如此這般，日子一天天地過去……我突然冷靜地想，如果春日的分數繼續順利上升，有朝一日是否會與曾山並駕齊驅？

不可能吧？

春日的外貌和學力日漸提升，讓我頗為不安。

要是到了某一天，春日不再有成長的餘地，那該怎麼辦？我要怎麼告訴春日？

我試著在筆記本上計算了好幾次。可是，無論春日如何努力，我始終無法樂觀地認定她能夠追上曾山。

4

為了春日，我必須向曾山攀談。所謂知己知彼，下一句是什麼來著？總之，如果和曾山混熟，以後應該可以幫上春日很多忙。

我不知道該怎麼向曾山攀談，觀察了他一個禮拜。最好趁他落單時找他說話，只有曾山一個人，或許我還應付得來。我可沒自信和他的跟班們一起談天說笑。

機會來得比我想像的更快。朝會時間舉行全校大掃除（好累），曾山和我分到了同一個掃除區域。

「青木，你是讀哪所國中？」

我嚇了一跳。他突然和我說話令我大為動搖，而他提起的話題也讓我傷透腦筋。我不想說，但若是這樣回答，活像我是有什麼古怪堅持的人，無可奈何之下，只好照常回答：

「鹿島國中。」

「我是橫田國中的。你現在有參加社團嗎？還是以前參加過？」

「不，我沒參加。」

「社團活動很累啊。」

接著是片刻的沉默。我們完全沒有交集，不知道該怎麼延續話題。

「欸，」我抱著豁出去的心態問道：「要怎麼樣才能和你一樣有人緣？」

聞言，曾山放聲大笑。看來這個話題不算太糟，讓我鬆一口氣。

「我也不算是很有人緣啊。」

「可是，至少比我有人緣吧。」

「你看起來的確沒什麼人緣。」

曾山突然一本正經地如此說道，令我一時語塞。

「不，這時候你該生氣才對啊！」

曾山笑道。哦，原來是開玩笑啊，我安心了。

「其實沒那麼困難。」

「有什麼訣竅嗎？」

「沒有什麼訣竅啦。經你這麼一說，我好像從來沒有特別思考過待人處事的方法。」

原來如此，換句話說，曾山是個天才，就像天才運動選手會說「咻以後再砰就行了」。他鐵定不像我這樣煩惱東、煩惱西。

「只是保持平常心而已。」

「這樣啊。欸，曾山。」

現在應該可以不著痕跡地打聽。

「你有女朋友嗎？」

聞言，曾山若有所思地望著自己的鞋子。

「哎，我沒有就是了。」

我又說了這句話掩飾，並苦笑幾聲。

「不，我應該沒有女朋友。嗯，沒有。」

「什麼跟什麼啊？」

他的說法令人費解，我困惑地反問，他又重新訂正：「不，完全沒有。」

「青木，如果有正妹，介紹給我認識。」

「啊，嗯。」

不過，是真的嗎？曾山居然沒有女朋友，我有點難以置信。

總之，和曾山說上幾句話，我已經很滿足了。

日子一天天過去，有時候晚上獨自待在房裡，我會感到不安；想起春日、成瀨和曾山，突然就心慌意亂起來。

這種普通的日子會持續到什麼時候？

大家好像都是開開心心地過日子。

可是，我不一樣。

我拚命努力，好不容易才達到普通水準，連一瞬間也鬆懈不得。

目前還算過得去，成功地扮演普通高中生的角色。

不過，或許有一天會露出馬腳。一想到這一點，我就好害怕。

到時候，說不定成瀨會對我厭惡至極，再也無法挽救。

春日也會受不了我，不再和我說話。

漫畫和連續劇裡，常把敞開心房、展現真正的自我描寫成一種很尊貴的行為，可是我不以為然。想展現自我的人大可盡量展現，可是被逼著做這種事，會有種壓迫感，而我不喜歡這種感覺。

我對於真正的成瀨和春日毫無興趣，她們應該也不想看見真正的我吧。

真正的自己不能讓任何人看見，就算是父母也一樣。

曾山〉青木，假日和放學以後，你通常在幹嘛？

放在床邊的手機在震動，拿過來一看，原來是曾山傳ＬＩＮＥ給我。

我〉有時候和朋友出去玩，有時候在家裡玩。

其實我也不喜歡撒起謊臉不紅、氣不喘的自己。

曾山〉青木，下禮拜六你有空嗎？

禮拜六在同學的邀約下出去玩，總是給我一種「假日上班」的感覺。以此類推，放學後和同學一起出去玩，就是「免費加班」。換句話說，我一點也不想去。

〉抱歉，我那天有排打工——

雖然我根本沒打工，但打算拿這個當藉口拒絕。不過在傳送訊息之前，我又改變主意。春日的臉龐浮現於腦海中，我想起自己是為了什麼向曾山攀談。這或許是個好機會。

我刪掉謊言，改傳不同的訊息。

我〉有空啊。

曾山〉那就約在海老名站的剪票口前見面吧。

我〉我想帶朋友一起去，可以嗎？

好一會兒都沒回音，我有點緊張。

曾山〉其實我也打算帶朋友一起去，完全沒問題。

只不過是傳幾行ＬＩＮＥ，就已經把我累得半死。

過普通的學生生活好累。

我明明不想和人深交，人際關係卻在不知不覺間逐步發展，漸漸拉近心靈上的距離，這種狀況讓我恐懼。一輩子和任何人都只是閒聊，談論足球比賽的結果和學校老師的說話習慣之類的就夠了。要是過分親近，我根本不知道該說什麼才好。

第三章

1

到了當天，我把春日拐到和曾山相約見面的地點。

一看見倚在車站剪票口前大柱子上的曾山，春日便發出「唉啊啊」的哀號。

「曾、曾山同學怎麼會在這裡？」

「今天就是要和他一起出去玩。」

「我、我要回去了。」

「曾山已經看見我們，現在不能回去。」

曾山察覺我們的到來，輕輕地揮了揮手。

「我要回家，馬上回家看卡通！Let's 逃避現實！」

「站住。」

我抓住真的拔腿就跑的春日，硬把她拉到曾山身邊。

「啊，原來今天要來的是春日同學啊，平時在班代會議上都會見面呢。」

曾山露出自然的微笑。春日被他的微笑射穿心房，當場死亡。

「啊、啊哈，你、你好汪！」

在春日打了個像狗一樣的零分招呼時，突然有人「哇！」地大叫一聲，接著我的背部感受到一陣衝擊，像是被人撞上。

我驚訝地回過頭。

「你好汪。」

成瀨仿效春日搞笑地打招呼，她的臉就在我的面前。

「為、為什麼？」

這回輪到我和春日一樣心驚膽跳。

「今天我們四個人一起出去玩吧。」

曾山若無其事地說道，我完全不知道該做何反應。

「你和成瀨很熟？」

「我們都是網球社的啊。再說，哎，總之……」

再說什麼？話不要只說一半行不行？我雖然這麼想，卻不敢說出來。

「要不要去打保齡球？」

成瀨隨口提議，我和春日的臉龐幾乎同時罩上陰霾，彼此面面相覷，默默揣測對方的心思。

這傢伙一定不會打保齡球——我們大概都是這麼想的，光用眼神就能溝通了。我的確不會打。

「可是我想打桌球耶。」曾山說道。

桌球？不光是我，春日大概也很疑惑。但是說來不可思議，這話由他這種高分的人說出來，就顯得沒那麼奇怪。

不過用智慧型手機搜尋，沒找到可以打桌球的地方，所以我們改去電子遊樂場。鬧區有間滿大的電子遊樂場，我們打算用桌上曲棍球代替桌球，反正有點像。

猜拳的結果，我和春日一隊，曾山和成瀨一隊。

「為什麼我和妳一隊啊？」

「我才想這麼說呢！」

我已經很久沒玩過桌上曲棍球，現在一玩，才知道這是一種殘酷地反映運動神經好壞的遊戲。

曾山和成瀨——運動神經顯然很好的兩個人，對上他們的是我和春日。換句話說，是網球社

VS.回家社之戰。決戰尚未開打，勝負就已經底定。

砰！砰！曾山接連得分，我們完全不是對手。到後來，曾山每得一分，春日就發出「好厲害」的讚嘆。最後，我們以10－0輸了。這是什麼比數？

這樣不好玩，所以我們重新分隊，我和成瀨一隊，曾山和春日一隊，再玩一次。

第二回合開始，曾山依然以猛烈的勁道頻頻射門，但成瀨也不甘示弱，兩人展開白熱化的連續對打，春日完全被晾在一旁，什麼也沒做。因為春日只是杵在旁邊，所以實質上是二對一，但曾山依然占了上風。由於男女體能差距之故，曾山比成瀨強，而我沒能彌補他們之間的差距。

在曾山射門得分之後——

「青木，振作點，別輸給那種人。」

聲音雖然小，但成瀨在我耳邊確實是這麼說的。「那種人」是什麼意思？

結果，曾山太強了，我和成瀨一敗塗地。

「曾山真的什麼都會。」

我說道，曾山有些得意地笑道：「我對運動很在行。」桌上曲棍球算不算運動我不知道，不過確實是講求運動神經的遊戲。

「我去買飲料，你們要喝什麼？」

曾山詢問。

「我要喝可樂。」

「烏龍茶就好了。」

「我要七喜。」

「青木喝水就夠了。」

曾山面無表情地說道。

不知何故，他的表情看起來活像在瞪人，我不禁心驚膽跳。

「開玩笑的。」

曾山笑道，隨即去找自動販賣機。

「春日，快跟去啊！」

我催促她，春日愣了一愣。

「一個人要拿四人份的飲料不好拿，再說，還可以……」和曾山說話。

「啊，對喔！」春日乖乖追上去，嬌小的背影逐漸消失在昏暗遊樂場的另一頭，只剩下我和成瀨兩人留下來。

「你剛才的態度太卑微了。」

不知何故，成瀨氣呼呼地對我這麼說。

我不知道自己做錯什麼事，頓時慌了手腳。或許我的態度真的很卑微，可是用得著為了這種事生氣嗎？

「呃，我從剛才就想問，妳和曾山之間發生了什麼事嗎？」

「沒有啊！」

成瀨的聲音很大，讓周圍一瞬間靜默下來。她這麼說，反而像是有什麼內情，令我忐忑不安。

「青木總是軟趴趴的。」

「這麼明顯嗎？」

我想把成瀨這種原因不明的憤怒化為玩笑，便露出無意義的笑容。

「你在笑什麼？」

成瀨問道，我答不上來。

「久等了。」

沒多久，曾山他們回來了。

「接下來玩那個吧？」

曾山指著某個知名格鬥電玩。

「我不玩，反正我不懂。」成瀨說道，春日也說：「我不太會玩格鬥遊戲。」

曾山宛若早就料到她們會這麼說，看著我問道：「青木，你要玩吧？」

老實說，那款遊戲我從前就玩透了，是我的拿手遊戲。這類遊戲的勝敗通常取決於誰比較熟練，即使對手是曾山，或許戰況會和剛才相反，是我從頭贏到尾。

不過，我並沒有說出這件事。

「那就來玩吧。」

我接受了曾山的邀戰。

剛才玩桌上曲棍球輸了，又莫名其妙地被成瀨罵一頓，我想好好表現一下。

「既然要玩，要不要打個賭？」

曾山突然沒頭沒腦地說，我有點錯愕。

「哦？剛才的飲料錢還沒算，那來賭這個吧。如果我輸了，全部都由我出錢。」

「不，這樣太無聊，賭點別的。啊，不然這樣好了。」

曾山面露賊笑，看著成瀨。

「誰贏，成瀨就親他一下。」

聞言，成瀨把喝到一半的烏龍茶灑出來，在她的白色短袖針織衫上留下淡淡的小汙漬。

「你是笨蛋啊？我才不要。」

「別這麼掃興嘛，氣氛都變差了。」

「是你弄差的吧！」

這兩人為何如此針鋒相對？我和春日都插不上嘴，只能呆若木雞地看著他們一來一往。

「等一下，青木。」

成瀨突然靠過來，小聲附耳問道：

「青木，這個遊戲你很擅長嗎？」

「咦？還算擅長。」

「你們兩個在咬什麼耳朵？」

曾山問道，成瀨焦急地中斷和我的對話，轉向曾山。

「要賭就來吧！」

「哦，成瀨，妳很配合嘛。」

說著，曾山將硬幣投入格鬥遊戲機中。

「開始吧，青木。」

到底是怎麼回事啊？我一面如此暗想，一面跟著投幣。

之後，我把注意力轉向遊戲畫面。能贏嗎？應該沒問題吧。

遊戲剛開始，我便萌生輕微的絕望感。

因為曾山顯然玩過這個遊戲。

雖然雙方有來有往，不過曾山似乎比我還強，我們的實力差距一直沒有縮小，在毫無意外的狀況下，遊戲中的我被打得落花流水。

「好吧，青木，給你多打幾下。」

說著，曾山放開按鈕，開始喝起果汁。

老實說我有點不爽，但還是展開攻擊。削了曾山半條血以後，他便拿出真本事反擊，最後我還是輸了。

「嗚……」

「贏了！」

曾山朝天空伸出雙臂，表達喜悅，隨即又收起這有些做作的動作，靠近成瀨。

「成瀨，勝利之吻。」

「不要。」

曾山硬把板著臉孔的成瀨抱過來，試圖親吻她。

啊？真的要親？

看到眼前的光景，我和春日都震驚不已，愣在原地。春日用手摀住自己的臉，從指縫間戰戰兢兢地看著兩人。

曾山環住成瀨的腰和後腦，硬是要親吻反抗的她。

接著，他的動作停住了。

「開玩笑的。」

曾山露出詭異的笑容，表情給人一種冰冷的感覺。

「我都說不要了。」

成瀨的眼眶浮現淚水。

「我先回去了。」

說著，成瀨跑出遊樂場。

「等一下。」

不知何故，曾山追了出去，從我們的眼前消失。

「剛才是……怎麼搞的……發生了什麼事？」

春日茫然吐出這句話，遊樂場的紫色燈光照射下顯得毫無生氣的臉龐望著我。

「欸，剛才到底是怎麼回事？」

春日搖晃我的身體。

「別搖了、別搖了，脖子會得疝氣。」

「脖子也會得疝氣嗎？」

「不知道，總之妳先冷靜下來。」

我也很震驚啊。

春日搖搖晃晃地對身旁的遊樂場店員說：

「我想玩殺人的遊戲。」

聞言，店員一陣混亂。

「呃，打喪屍的遊戲嗎？還是……」

「喪屍原本也是人，可以。」

結果，我被春日拉著一起玩常見的喪屍射擊遊戲。

我用手槍不斷射殺蜂擁而上的喪屍，不知何故，那些喪屍看起來越來越像曾山，我不禁喃喃說道：

「曾山，去死吧！曾山，去死吧！」

「別謀殺我的心上人。」

春日用不帶溫度和濕度的聲音說道，接連射殺逼近的喪屍救了我。

「哦，抱歉。」

「成瀨同學，去死吧。」接著響起了粗製濫造的槍聲。

「可以不要謀殺我的心上人嗎？」

「就算你求饒，我也不原諒你。」

春日被喪屍咬死了，她卻撂下一句：「錢不是問題吧？」投幣接關，因此我也被迫陪她繼續玩，直到殺光所有的喪屍為止。

2

如此這般，我和春日兩人打倒大量的喪屍，拯救了虛擬世界。傍晚，我疲憊不堪地回到家，身心都是死氣沉沉。

我原本打算直接回房，卻在走廊上聽見客廳傳來的說話聲。難得這個時間姊姊在家。姊姊似乎是在講電話，一個人說得很開心。

『這樣分數很高耶～』

聽見這句話，我感到好奇，打開了門。姊姊一臉驚訝地看著我。

「咦？直人，你回來啦？」

「嗯，剛回來。」

我從冰箱裡拿出麥茶，一面補充水分一面偷聽姊姊說話。

「那個男人真的很低分。」她又在談論分數了，我有點害怕。

待姊姊掛斷電話，我試探地問：

「姊，妳看得見嗎？」

「看得見什麼？」

「妳剛才不是在說分數嗎？」

「啊？哦，那個只是在談論結婚對象的條件好壞而已。一般人也常常用分數高低來形容吧？」

一問之下，才知道姊姊最近迷上相親網站。搞什麼嘛！真容易讓人誤會——我一面如此暗想，一面詢問：「姊，妳要結婚嗎？」

「要啊。」

姊姊的分數是62，雖然不算很高卻也不低，至少比我這個弟弟高。姊姊的外貌和社交能力都不錯，所以才有這樣的分數。

「哎，直人，收入普通又很懦弱的男人、性格善良可是很窮的男人，和有錢又爽朗的男人，你會選哪一個？」

「妳這樣問，一般人都會選有錢又爽朗的男人吧？」

「就是說啊，沒什麼好猶豫的。」

說著，姊姊垂眼望向智慧型手機，開始操作，大概是在開啟結婚諮詢所之類的APP傳送訊息吧。

「不用急著結婚吧？」

至於我，則是莫名其妙地動搖起來。我一直以為姊姊短期內不會結婚，一聽到她其實有結婚的念頭，就覺得有些落寞。我和姊姊的感情並不是特別好，我也沒有戀姊情結，只是，如果姊姊結婚了，感覺上像是她突然變成大人，成了不同世界的人一樣，令我五味雜陳。

「我想在二十四歲之前結婚，要不然身價會變低，男人的水準也會降低。看過公司裡的例子以後，我就這麼想了。」

姊姊把臉從智慧型手機抬起來，看著我的眼睛說道：

「這是我的一大企畫。」

「哦，這樣啊。」

雖然我不太懂，但姊姊的表情確實幹勁十足，似乎是認真的。

我無法理解為了結婚而大費周章的心態，不過，哎，這不是重點。實際想像姊姊結婚的情況之後，我突然覺得好麻煩。我不想參加婚禮，真的。

回到自己的房間以後，我無力地趴在床上。雖然什麼事也不想做，但還是拿起手機來滑。這是因為我的氣力只夠做這種事，並不是有任何特定的目的。我迷迷糊糊地打開ＬＩＮＥ。

【近期更新的個人檔案　宮內康】

仔細一看，大頭貼改成一張耍帥照片，是戴著奇怪帽子的小康。

好久沒看見小康了。

老大不小的男人還玩自拍，有夠噁心。

我想諷刺他幾句，便打開訊息畫面，可是又想不出什麼有創意的說詞。

> **姊姊好像要結婚了。**

結果，我傳了這則訊息。

訊息馬上就成了已讀，可是我等了好一陣子都沒有回音。

3

自從去過遊樂場玩以後，我和成瀨之間的氣氛變得很尷尬，就算在午休時間的視聽教室裡也聊不起來。

「青木，那時候你是怎麼想的？」

「咦？什麼？」

其實我知道那時候指的是什麼時候，只是故意裝蒜。

「就是曾山……」

「哦，那時候啊。」

老實說，我覺得他們很相配。成瀨和曾山交往再妥當不過了。班上分數最高的男女成為情侶，無可挑剔。

「呃，我覺得曾山很大膽。」

「就這樣？」

「就這樣……他只是在開玩笑吧？」

成瀨似乎生氣了，沉默不語。拜託說點什麼吧，實在太尷尬了。

「欸！」

成瀨抬眼凝視著我，嘟起嘴巴抗議。

「青木，你好遜。」

這句話深深刺傷了我。這根刺刺得很深，短時間內大概是拔不出來。

「沒辦法啊。我跟曾山相比……呃，該怎麼說……」

分數相差太多了。

「水準、條件，也就是層級相差太多。我根本比不上曾山。」

「青木，你未免太自卑了吧。為什麼？」

為什麼……這是顯而易見的事實，無可奈何。分數普通的我怎麼也產生不了自信。

我看著成瀨耀眼的74分說道：

「看得出來吧？大家只是沒有明說而已。我們雖然都是高中生，可是完全不一樣。其實妳自己也明白吧？曾山和妳都很厲害，真的，和我的水準完全不同。我一點用也沒有。」

我一口氣說完這番話，成瀨的臉色突然變得一片鐵青。

「成瀨……」

糟糕，我說錯話了嗎？我開始害怕起來。可是不管有沒有說錯，都是覆水難收。

「青木，原來你是這樣看待我的。」

成瀨倏地站起來。距離午休時間結束明明還有好一段時間。

「夠了。」

說完，成瀨便離去。

我的心刺痛一下。

後來的午休時間，成瀨不再到視聽教室來了。

「都是妳害的。」

「為什麼？」

春日一臉詫異地問我。

「全都是春日造成的。」

有別於平時，今天我們是在春日的房間聚會。

「到底為什麼？我不覺得我有錯啊。」

「我知道，我又不是笨蛋。」

我一面說話，一面收拾春日的房間。

「剛才不是談好了交換條件嗎？我幫妳收拾房間，妳要當我的出氣筒。」

春日的房間就是俗稱的垃圾屋，而且是非常嚴重的那一種。我用手抓起垃圾，幾乎快舉手投降了。

＊＊

事情要回溯到三十分鐘前。

「偶爾可以來我家啊。」

放學回家的路上，春日如此說道。姊姊說今天要帶男朋友回家，我不想撞個正著。

不過，起先我不太願意去春日家。

「青木，你是不是擔心那個啊？」

「哪個？」

「你怕我媽會說：『哎呀，歡迎，這孩子是頭一次帶男生回家。討厭，怎麼不先說一聲呢？話說回來，沒想到這孩子交了男朋友，媽媽真是太高興了。』對吧？」

「啊，我的確很擔心。」

「我媽確實是隨處可見的普通歐巴桑，但還不至於說這麼老套的話，你放心吧……再說，她現在應該去工作了。」

說著，春日打開了玄關門，只見她的媽媽就站在眼前。

「哎呀，是男朋友？」

春日的媽媽笑容滿面地向我打招呼，我只能露出含糊的笑容，向她點頭致意。

「媽媽真是太高興了。」

「哈哈哈……」

春日發出了乾笑聲。

春日的媽媽隨即端著裝有果汁和點心的托盤來給我們，又笑咪咪地離去。

「害她空歡喜一場，真是過意不去。」

我姑且說道，但春日似乎不以為意。

「對了，我媽幾分？」

47，不過我覺得這麼說好像太惡劣，便打哈哈蒙混過去。順道一提，春日長得和她媽媽一模一樣。

「房間有點亂。」

說著，她帶我前往她的房間。

「這叫……有點？」

我十分傻眼。

有種說法叫做亂到沒地方可站，眼前是我頭一次實際見到這種狀況。真的看不見地板，完全脫離了常軌。

「春日，妳居然有勇氣邀人進妳的房間……」

春日的缺乏羞恥心快把我逼瘋了。

「是嗎？哎，這是第一次有男生來耶。」

春日駕輕就熟地在地板上挪出空位，坐了下來。

「你怎麼不坐？」

「要坐哪裡！」

我輕聲叫道，杵在雜亂房間的中央。

「……幹嘛？」

「讓我打掃。」

「我這樣比較自在。」

「可是我不自在！」

聞言，春日凝視著我說道：「欸，做個深呼吸，冷靜下來。」

「來，慢慢吸氣……吐氣……放鬆……全身的力氣。來，放輕鬆。」

要是跟她認真計較，壽命會縮短好幾個小時，所以我決定把她的戲言當成耳邊風。

「妳居然能在這種房間裡生活？」

「這樣很自在啊。」

「以上是春日的說詞。有的魚只能在汙水裡生活，有的魚正好相反，只能在清水裡生活。我和春日棲息的水乾淨程度或許不同吧……」

「不要毫無保留地洩漏自己的心聲好嗎？」

如此這般，我開始收拾春日的房間。

＊＊

相對地，我讓春日答應一個奇妙的交換條件——我可以拿她當出氣筒。

「總之……我只顧著留意妳的分數，疏忽我自己的戀愛和分數。換句話說，這次的事完完全全完美無缺完全比賽無安打無上壘都是妳的錯。」

「我太用力了，不小心投出四壞球。」

待我終於將所有垃圾塞進垃圾袋裡，打掃完畢之後，我轉向春日。

仔細一看，春日正在看雜誌，眉頭緊蹙，露出了煩惱的表情。

「怎麼了？」我姑且詢問。

「我在想，最終手段大概只有整形了。」

春日把臉湊近我。

「你不覺得我只要把眼睛、鼻子、臉頰和嘴巴整一整，就可以變成廣瀨鈴嗎？」

根本面目全非了嘛。

「妳哪來的錢？」

「說得也是。」

「沒問題，妳已經夠可愛了。」

「別用那種漫不經心的口氣說違心之論行不行？」

此時，春日突然一臉嚴肅地問我：

「這麼一提，你是怎麼和成瀨同學搭上線的？」

「不，呃，這是我和她的祕密。」

「什麼嘛，我想知道。」

春日拉了拉我的衣袖。

「告訴我嘛。」

我板起臉孔保持沉默，春日忿忿不平地說「小氣鬼」並瞪了我一眼。

接著，她又突然露出想到惡作劇方法的表情，我有種不祥的預感，連忙往後退。「幹嘛？」

「嘿！」

春日開始對我的腋下搔癢。「妳是小孩嗎？」我一面抵抗一面以牙還牙。春日開心地嗤嗤笑著，在房間的地板上打滾。「欸，吵死了！」春日媽媽的聲音從走廊傳來，但春日還是繼續狂笑。

如此這般，我邊笑邊想：我和春日也不是無話不說啊。

4

和春日的放學後閒扯淡會議並未談到任何有營養的話題，這一天就這麼結束了。回家的路上，我順道去了路邊的7－11一趟。

「你是青木同學嗎？」

抬頭一看，是張生面孔。收銀台小姐為什麼認識我，還叫得出我的名字？真是太不可思議了。只要再找六個，就可以湊齊超商七大不可思議。

「呃……請問一下，妳是誰？」

這位大姊姊長得很漂亮，有68分，是活在跟我和春日不同世界的人，能否說同一種語言溝通都是個問題。我想，這個人的人生一定過得很開心吧。

「呃，我是心愛（註2）的姊姊。」

可可亞的姊姊是什麼？巧克力拿鐵嗎？我一時之間大為混亂，隨即又察覺那是成瀨的名字。

仔細一看，大姊姊的名牌上寫著「成瀨」二字。

「成瀨的姊姊？可是……」

我一面拿出皮夾付可樂和洋芋片錢，一面繼續說話。可是，為什麼？她怎麼認得我？當時我的背後沒人排隊，可以繼續聊天。

「我常聽妹妹提起你，之前也看過ＬＩＮＥ的大頭貼。」

「她是跟妳說班上有個怪怪的同學嗎？」

「哎，差不多。」

大姊姊面露苦笑，似乎還想說什麼，但在她說下去之前，下一位客人排到了我身後。

「青木同學，你住在附近嗎？」

「走路只要三分鐘。」

「再過一小時我就下班了，之後可以跟你聊聊嗎？」

註2：發音為「cocoa」，與可可亞相同。

我不好意思拒絕，便暫且回家，一小時後再度前往那間超商。

我把成瀨借我的少女漫畫裝進伊勢丹的紙袋裡帶去。為了和成瀨互借漫畫，我特地收集漂亮的紙袋，而這種愛美心的頂點居然是伊勢丹，我的水準可見一斑。一想到以後不必再操這種奇怪的心，就有種莫名的落寞與感慨。

成瀨的姊姊下班以後換上便服，在超商的內用區等我。她請我喝冰咖啡，兩人並肩坐下來。一想到對方是心上人的姊姊，我的心臟就撲通亂跳。

「啊，姊姊，聽說妳最近交了男朋友，恭喜。」

「已經分手了。」

第一步就踩到地雷。

「對了，青木同學，那是什麼？」

「啊，是成瀨借我的漫畫。呃，是我們共通的興趣。」

我遞給她，不知何故，她嘆了口氣。

「聽說你們吵架了？」

「也不知道算不算吵架，我們本來就沒什麼交集，連個性合不合得來都還有待商榷，成瀨只是基於做善事的慈悲心和少許的心血來潮和我來往而已。除了喜歡少女漫畫這一點以外，我們真的沒有任何共通點。」

聽完這番話，姊姊一瞬間露出欲言又止的神色，但我置之不理，繼續說道：

「可是，我們畢竟是不同世界的人。」

只見成瀨的姊姊大大地嘆了口氣，一副不知道該不該說的表情，最後還是說了。

「我妹應該是在和你來往以後才開始看少女漫畫。」

「呃……應該不是吧？」

說著，我才發現自己無法斷定。我對於成瀨的了解並不多，不足以斷定。

我有點混亂，但還是覺得不可能。

「你仔細想想其中的含意吧。」

我實在不明白成瀨姊姊的言下之意，困惑不已。

第四章

1

常聽人家說「仔細想想」，到底怎麼樣才算是仔細想想？我越想越不明白。怎麼樣才算「仔細」？在熄了燈的漆黑房間裡閉目打禪冥思就行了嗎？我試了一下，還是完全不懂。

如果成瀨說她喜歡少女漫畫是在說謊，那她為何要說這種謊？我完全不明白。

爸媽叫我吃晚飯，所以我走出房間下了樓，卻聽見客廳傳來令人懷念的男聲。我看了玄關一眼，只見有雙髒兮兮的木屐擺在那兒。啊，是他，不知道是來幹什麼的。

打開門一看，果然是小康。

不知何故，小康在客廳裡喝酒。

許久不見的小康看起來老了很多。

「直人，好久不見！」

一看見我，滿臉通紅的小康便一派悠哉地打招呼。

宮內康，通稱小康，已經老大不小了卻還是個打工族，窮到缺了牙也沒錢補的地步，邋遢又骯髒，是個人生失敗者。他是姊姊的兒時玩伴，小時候也常陪我玩，口頭禪是「船到橋頭自然直」。小康並沒有特別想做的事，就這樣渾渾噩噩地過活，如今已經二十六歲依然一事無成。

小康也是姊姊的前男友。「要結婚的話，我希望你帶著玫瑰花束來求婚。」記得從前姊姊常對小康說這種蠢話，但這一天終究沒有來臨。

現在一看，小康的分數是36。我一點也不想知道，真的。

小康已老大不小還遊手好閒，他的父母看不下去，幾年前將他趕出家門。他大可以去其他地方，可是他偏偏在附近一棟活像昭和產物的破公寓裡租了間套房。回想起來，小康好像就是在那時候被姊姊甩掉的。真是太遜了。

「哎，聽直人說瑞樹要結婚了，所以我帶了酒來慶祝一下。」

仔細一看，餐桌上放著一個很大的酒瓶。

「又來了，事情還沒說定呢。」

姊姊說道，不知何故帶了點醉意。爸媽並沒有開心或不悅之色，只是帶著普通的表情默默準備晚餐。這個家的氣氛我向來搞不懂。

「小康，你是真心恭喜我嗎？」

「幹嘛這麼問？當然啊。瑞樹，恭喜妳，一定要幸福喔。」

真虧他說得出如此噁心的話。如果他是在清醒的狀態下說出口，就某種意義而言還算值得尊敬，但他是在酒醉的狀態下說的，所以只是沒出息而已。

「你都不會不甘心嗎？小康。」

「一點也不會，我反而很開心。直人，你的性格太扭曲了。」

「要你管。」

我連晚飯都不想吃了，不想繼續和小康呼吸同樣的空氣。

「啊，對了，直人，我帶了衣服要送你。」

「不用。」

「我買的時候挺貴的，本來想丟掉，後來想到你從前一直很想要。」

說著，小康從UNIQLO的塑膠袋裡拿出一件鮮綠色的骷髏圖案毛衣，背後繡著「GO MY WAY」字樣。這件毛衣我有印象，是很久以前小康常穿的衣服。真是懷念。

「那是幾年前的事了啊？」

「好歹是……」

「好歹是什麼？」

「Gucci。」

「那應該是山寨貨吧。」

我只是實話實說，小康卻露出有點受傷的表情。

他的態度令我莫名不爽。

「俗斃了。」我又繼續追擊。「小康，那件衣服是這個地球上最俗氣的一件。」

說完，我轉身離開客廳，踏上樓梯。

「等一下。」

姊姊的聲音傳來，我回過頭。

「直人，你從前和小康感情不是很好嗎？現在是怎麼了？」

從前小康確實常陪我玩。說歸說，那已經是孩提時代的陳年往事。

「小康在我面前老是耍帥，其實是個大草包。」我說。

「啊，你發現了？」

姊姊睜大眼睛，露出驚訝的表情。見狀，我不禁暗想：這不是早就知道的事嗎？

「我早就發現了。」

妳也是因為發現這一點，才和他分手的吧？

我不想和現在的小康說話。

回到房間以後，我開始思考。為什麼從前喜歡的人和東西，會在不知不覺間變得討厭？

不過，人跟東西不一樣，是會變的。小康一直改變，分數才會變得那麼低。又或許是小康以外的人都改變許多，只有小康一直沒變，才會落到這種田地。

2

結業典禮結束，邁入暑假。

慵懶的暑假生活已經過了好幾天。

閒來無事，我開始思考自己和春日的關係。

仔細想想，我和春日的交集其實很薄弱。明年重新分班以後，我們應該會漸行漸遠吧。

人際關係就是這麼一回事。

這麼一提，年紀和我相差很多的堂哥，剛上大學時買了便宜的家具。他說二年級會換校區，到時搬家打算全部丟掉重買，所以才買便宜貨。

我現在的人際關係就像這種用完即丟的家具。

從前，大人老是自以為是地說什麼「趁學生時代結交一輩子的朋友」，但我完全不覺得自己交得到「一輩子的朋友」，也不想要。

對我來說，一輩子的好友就像一輩子的大衣、家具或鋼筆，又重又討厭，我才不想交。朋友最好像 UNIQLO 或 IKEA 一樣。

我傷害了心上人成瀨，而春日早晚也會受不了這樣的我。

我知道自己的內在是空心的，沒有真材實料。

所以，我不想和別人往來。

一旦變熟，對方就會察覺我的空心，離我而去，所以我不想和任何人往來。

春日偶爾會用ＬＩＮＥ傳照片給我。那是她興高采烈地享受暑假的照片。看了照片，我覺得不壞。春日似乎交到了朋友，太好了。我和春日不同，看在我眼裡，春日顯得有些耀眼。

無可奈何之下，我只好用手機玩線上遊戲消磨時間。從早到晚都在玩遊戲。生存遊戲，殺氣騰騰的生死鬥，用狙擊槍狙擊素未謀面的玩家。唯有在接觸長相、住址、年齡、性別、本名都不知道的陌生人時，我才能安心。時間也會在不知不覺間流逝，正合我意。

總之，我的暑假就是這樣無所事事。

而人只要一閒下來，就會開始動歪腦筋。

我想傳LINE給成瀨。

想歸想，我完全不知道要傳什麼訊息，想不出任何想傳達或該傳達的事。

我想跟她和好。

這是我的真心話，可是我不能這樣直接了當地傳訊給她。

我〉最近在做什麼？

考慮了兩小時左右，我傳了這則訊息。

訊息並未顯示為已讀。

我明明該停止的，卻又繼續傳訊。

我〉要不要和我一起放煙火？

想了那麼久，只想出這種東西嗎？我對自己的腦筋之差感到絕望。

傳完訊息以後，我無心做任何事，馬上就後悔了。不該傳那些訊息的。胃好痛，一種宛若背部逐漸燒焦般的焦躁感支配大腦。吃午餐時，我同樣坐立不安，反覆確認LINE的畫面。該不會被封鎖了吧？我躺在地板上，搜尋「ＬＩＮＥ 封鎖 確認方法」，正在瀏覽搜尋結果的時候，收到一則簡短的回應。

成瀨〉抱歉。

成瀨〉我現在很忙，待會兒再回。

她有收到，太好了，真開心。沒被成瀨封鎖，讓我鬆一口氣。

接著，我又暗想：她是真的很忙嗎？我祈禱她是真的很忙。要是根本不忙卻說很忙，我大概會深受打擊，再也無法振作起來。

現在成瀨是不是正在進行網球社的活動？我明明不需要知道真相，卻換了套衣服外出；因為不敢自己一個人去，就站著猛踩腳踏車，前往春日家。

我按下門鈴，告知她的家人來意之後，一頭亂髮的春日立即出來應門。

「……幹嘛？」

「妳有空吧？要不要躲在遠處偷看曾山？」

「青木同學，你一定又在打什麼歪主意吧？」

直覺出奇敏銳的春日要我「先進來等一下」。我在客廳等待約三十分鐘後，光鮮亮麗的春日出現了。

「好慢。」

「我已經開特快車準備了耶。」

「別說了，走吧。」

我們兩人一起前往學校，在距離網球社球場有段距離的校舍窗邊待機。我把自己帶來的觀劇望遠鏡遞給春日。

「這是什麼啊？好怪。」

說歸說，春日還是用了，我也一樣。球場一覽無遺。網球社的成員正在休息，成瀨和曾山有說有笑的畫面映入眼簾。

「哇，我不想看。」

春日說道，我也看不下去了。

她……完全……不忙嘛……

我受到直搗胃袋的打擊，倚著窗戶底下的校舍白色牆壁蹲下來。

「……你不要緊吧？青木同學，你崩潰了嗎？」

「春日同學，我們去放煙火吧！」

「咦？」

「我現在超級霹靂無敵想放煙火。」

入夜以後，我們去唐吉軻德買了煙火，並一鼓作氣地溜上校舍頂樓。

時值暑假，夜也深了，似乎沒有人留在校內，大概只剩警衛伯伯吧。

「還是算了吧，不用特地在這種地方放煙火啊。」

春日想打退堂鼓，但我置之不理。其實我只是覺得在學校放煙火很有青春氣息，不是真的非學校不可；真要說起來，根本沒必要像個傻瓜一樣放煙火。這種玩意兒講究的是心情，心情。

我一口氣點燃手上的七根煙火。煙火像蓮蓬頭劇烈地噴濺火花，被我胡亂揮舞著。

「欸，很危險耶！」

說著，春日點燃了仙女棒。

「一開始就點仙女棒？」我忍不住吐嘈。「春日，這就像去中華料理餐廳點菜的時候說『先給每個人來一份杏仁豆腐』一樣。」

「咦？是嗎？」

春日驚訝地說道。

「仔細想想，我沒和別人一起放過煙火，不太懂這些。」

「要更華麗一點。」

老實說，我也從未達成和朋友或女友放煙火這類任務，不知道這是不是正確的做法，不過從連續劇和漫畫看來，似乎是這樣。

聞言，春日點燃了我們買來的煙火包裡的所有仙女棒，並向我展示：「學你的。」

「仙女棒大會。」

仙女棒發出劈里啪啦的聲音，在春日的手底下爆裂。在光芒照耀下，春日的臉上浮現的微笑顯得有些虛幻，我不禁萌生奇怪的想法：如果我不是我，而是曾山就好了。

我背對春日撇開視線，回過神來。到底在幹什麼？我望著夜空暗想：如果在這裡的是成瀨，我一定會很緊張，拚命裝模作樣。

此時，背後響起一道爆炸聲，打斷我的自省。

仔細一看，是高空煙火。連發式的無腦高空煙火接二連三在空中爆裂。燃放煙火的春日得意洋洋地擺出勝利手勢。

「妳的腦袋有毛病嗎？」

我傻眼地說道，下一瞬間，怒吼聲隨之傳來：「你們在幹什麼！」校舍下方，警衛伯伯站在操場上瞪著我們。這是當然的。

「喂，快逃。」

「嗯！」

不知何故，春日一臉開心地回答。

我們拿著裝水和煙火殘骸的水桶逃離頂樓，兩人共乘停在校舍後側的腳踏車逃之夭夭。警衛並沒有追來，不知道是不是追丟了。

我們一路騎出校門，慢慢地行駛於徐緩的下坡路上。

微溫的晚風舒爽宜人。

春日突然在背後笑了起來。

「好蠢。」

我也這麼覺得，微微地笑了。

「和青木在一起，我完全不覺得無聊，很快樂。」

或許是這樣吧，我也這麼想。

就這樣，暑假毫無意義地結束，第二學期開始。

3

暑假結束以後，成瀨變得怪怪的。

倒也不是哪個地方很奇怪，乍看之下很難看出她的變化，不過，我能夠鉅細靡遺地看出她的反常。

70分。

成瀨的分數下降了4分。

為什麼？我很擔心。

我在隔了一段距離的教室座位上凝視著她。

即使好奇也不敢開口詢問「怎麼了？」的我，只能目不轉睛地凝視成瀨，集中精神查看她的分數。

睡眠不足而造成的皮膚暗沉（-1），辭掉打工（-1），變胖（-1），忘記抹護唇膏嘴唇乾裂（-1）。

到底怎麼了？我想問，卻不敢問。

猶豫了很久，最後我等到午休時間才去找成瀨說話。

「護唇膏給妳。妳的嘴唇很乾。」

那是我趁著午休時間去超商買的新品。

「青木，其實你很體貼嘛，常注意到這類細節。」

我只是在成瀨面前裝好人而已——我一面如此暗想，一面回答：「是嗎？」

「你知道嗎？」成瀨用有些生氣的口吻說道：「這是你第一次在教室裡主動跟我說話。」

我有點尷尬。

「因為妳看起來好像不太舒服。」

「是嗎？」

成瀨立刻塗抹護唇膏。「送妳。」我說道，離開她的身邊。

「謝謝。」

雖然還有許多想說的話和想問的事，不過我決定見好就收。

「聽說曾山最近和女朋友分手了。」

不久後，這樣的傳言開始繪聲繪影地傳開來。

聞言，我的第一個念頭是：曾山有女朋友？

「怎麼回事？青木，你不是說曾山同學沒有女朋友嗎？」

這件事我當然告訴過春日，因此她聽到傳言之後也大為困惑。

「不過，曾山的女朋友是誰啊？」

我感到好奇，決定試探看看。可是，班上其他人好像也不知道詳情，聽說曾山交代過別說出去。看來他是個祕密主義者。

於是我決定直接詢問曾山本人，便在午休時間四處找他，卻一直找不到。

找了三十分鐘左右，最後才在校舍後方發現曾山的身影。

當時，曾山正在和我不認識的男生爭吵，實在不是可以上前攀談的氣氛。

我隔得遠遠地看著他們。

和曾山說話的是一個不起眼的男生（44分）。

不久後，44分從口袋裡拿出錢包，將鈔票遞給曾山。

怎麼回事？

曾山輕輕踹了那傢伙一腳，轉身走向我。

「青木，你看見了？」

他對我說道。我默默無語。

「別跟班上的人說啊。」

曾山在我的耳邊輕喃，輕輕拍了拍我的肩膀之後便離去了。

曾山很清楚，若是這件事傳開來，大家知道他是個惡霸，他的分數就會下降。

此時，我突然有個想法。

如果我在班上散播這件事呢？

到時，曾山的分數便會下降。

或許他的分數會變得和春日差不多。

我立刻否定了這種陰險的想法。

話說回來，該把這件事告訴春日嗎？這倒是讓我有點煩惱。

最後，我決定不告訴任何人。

就算在我看來是個壞人，只要春日看來是好人就夠了。某人眼中的壞人卻是另一個人眼中的好人，這是常有的事。沒必要對春日說什麼。

接著，我的問題意識轉移到自己身上。

我也一樣，若不採取行動，我和成瀨的分數永遠沒有並駕齊驅的一天。

課堂上，我迷迷糊糊地在筆記本寫下「降低成瀨分數的方法」，條列出腦中的惡劣想法。

把教科書藏起來，讓成瀨挨老師罵，拉低她的分數？

第二學期的體育祭，若是成瀨在大隊接力時掉棒，即使大家嘴上都會說「別放在心上」，但她的分數或許會下降。是不是該在她的鞋帶上動手腳？

我在筆記本上寫下好幾個陷害成瀨的點子。

並不是真的想付諸行動。

寫完以後，我又用橡皮擦全部擦掉。

我使盡吃奶的力氣拚命擦，直到頁面變回一片空白為止。

「我想向曾山同學告白。」

一如平時，放學後在我的房間裡聚會時，春日突然如此說道。

「為什麼？」

我的房間夕照很刺眼。我瞇起眼睛，看著春日的臉。

「因為他剛和女朋友分手，現在或許是好機會啊。」

我有點遲疑。

說來驚人，現在春日的分數已經變成59分，還挺高的，在班上算是名列前茅。

事實上，只有男生在場的時候，甚至有人會讚美春日。每次聽見，我都有一種超現實的感覺。

春日真厲害。我真心這麼想。

不過即使如此，我依然不認為春日向曾山告白會成功。

等分數變得更高一點再告白比較好吧？這樣的念頭當然也浮現於我的腦海之中。

可是，我並不打算這麼說。

首先，我覺得不管春日再怎麼努力，還是無法追上曾山的分數。除非曾山的分數下降，否則是不可能的。

再來，還有一個理由。

我不希望春日和曾山交往。

我對於這樣的自己感到驚訝。

為什麼會這麼想？我自己也不明白。

我無法有條理地說明自己的思路。

只能直接下結論：心中這種悶悶不樂的感覺，就是不願意。

「去告白吧。」

我斷然說道，春日露出了像是錯愕又像是驚訝的表情。

「可以嗎？」

「可以啊。妳的分數已經提升很多，說不定能成功。加油。」

我一口氣對春日說完這番違心之論，又暗想：我或許是個很惹人厭的傢伙。

4

隔天放學後。

春日好像真的要向曾山告白。她精心打扮、穿上洋裝，見狀，我忍不住發笑。

春日變了。正因為我完全沒變，和她在一起，她的變化感覺更大。

她說要去找曾山，離開教室，我望著她的背影，不禁暗想：我太遜了，春日比我健全多了。

沒錯吧？

在任何人看來，我都是個小卒、膽小鬼，活像故事裡的配角。

一想到以後也要繼續過這樣的人生，就感到厭倦。

我待在放學後的教室裡，深深倚坐在堅硬的木椅上，一面胡思亂想一面等待春日歸來。黑板上方的白色時鐘秒針不斷走動。我把重心往後挪，只用椅子的兩隻腳不安定地搖來搖去，教室的地板發出寂寥的聲音。遠處的走廊傳來學生的嘻笑聲。我不由自主地嘆一口氣。明明是夏天，我卻孤獨得快凍僵了。

教室拉門被拉開的聲音傳來。

「失敗了。」

春日回來了。

我不知道該說什麼，傷透了腦筋。

春日哭了好一會兒，還撲到我身上。

我的心臟撲通亂跳。

這傢伙這麼沒防備，不要緊吧？我也是男人，是異性耶！

我靜靜地等待春日停止哭泣。

「我……」

然而，我竟不知好歹地羨慕起勇敢告白的春日。

「我真的很想變得和妳一樣。」

「那就變啊。」

不知幾時停止哭泣的春日突然抬起頭來，凝視著我。

「咦？」

「你忘了我們的約定嗎？你說過要一起告白的。」

「我是說過……」

「所以接下來輪到你告白了。」

春日用力抓住我的手臂，一副不容分說的模樣，我只能任她擺布。

「走吧！」

她拉著我的手臂走下樓梯，穿過地下室的學生餐廳，來到消費合作社前的長椅邊。女子網球社的社員經常在這裡聊天。

成瀨也在那裡，只有她一個人。

「成瀨同學。」

聽見春日呼喚，成瀨似乎嚇了一跳，望著我們。

「青木同學有話要跟妳說。」

成瀨也和我一樣，一臉困惑。

「他有一件事一定要告訴妳。」

「……什麼事？」

成瀨的聲音顯得不太高興，我有點畏縮。接著，成瀨緩緩將視線移到我身上，彷彿再問一次：「什麼事？」

「不，沒事。」

這不是我打算說的話，可是一時間想說的話又說不出口。

「喂，如果你們只是在開玩笑……」

「等一下。」

明明事不關己，春日卻用迫切的口吻央求成瀨：

「如果妳不聽他說，這個人一輩子都會像喪屍一樣，過著行屍走肉的生活。」

原來春日眼中的我是這副模樣啊。

「所以到底是什麼事？有話快說。」

我看著如此催促的成瀨，終於做好覺悟。

「我很喜歡妳，所以才變得怪裡怪氣的，我想妳應該也隱約察覺了。我知道自己配不上妳，也知道我們不可能在一起，所以不是想和妳交往，只是一種類似憧憬的感情而已。希望我們以後還是可以偶爾說說話，就這樣。」

「我可沒這麼想。」

成瀨的聲音在顫抖。

怎麼回事？

事情發生在自己身上的感覺依然稀薄，我只能茫然望著眼前的成瀨。

「那只是你自己在妄想中認定誰跟誰相不相配、是不是自取其辱而已。可是，我是現實，不是你妄想中的理想女孩。我是活生生的人，有內心，也會受傷，你懂嗎？」

我不懂。成瀨究竟想說什麼？

「成瀨，抱歉。」

「你根本不知道自己錯在哪裡，別用道歉來敷衍我。不懂的話別裝懂。」

成瀨的一番話猶如用指甲抓臉頰般，留下強烈的痛楚。

「成瀨，有件事我一直不明白，可是不敢問。」

「什麼事？」

「妳為什麼要騙我說妳喜歡少女漫畫？」

「你連這種事都不明白？」

成瀨皺起臉龐。

「太可笑了。」

「可笑什麼？」

「看來是我喜歡錯人了。」

說完這句話，成瀨便離去了。

「成瀨？」什麼跟什麼？「我？」我一頭霧水。

太不合理了。

「她剛才是不是說了『喜歡』兩字？」

「她說了。」春日像是確認般說道。

總之，為了冷靜下來，我去消費合作社前的自動販賣機買了兩盒盒裝香蕉牛奶，並將其中一盒給春日。

我們倚著校舍的外牆，默默地喝起香蕉牛奶。

「甜到想吐。」

春日皺起眉頭，吐了吐舌頭，如此說道。

第五章

1

我家廚房的地板底下有酒，我和春日順手借了幾罐，活像在當小偷。我們雙手拿著罐裝燒酒（STRONG ZERO），覺得「在家裡喝好像太明目張膽」，便前往附近的公園。

雨才剛停，公園裡的沙地依然潮濕。春日用手帕擦掉長椅上的水滴，我們並肩而坐。

「辛苦了。」

兩人一起乾杯，將燒酒灌進胃裡。

「哎，只不過是被拒絕，又不會死。」

「世界也不會毀滅。」

深夜的公園裡空無一人，要是警察來了我們鐵定得接受輔導，然而目前並沒有這種跡象。

「不過，其實我滿快樂的，最近過得很充實。」

「是啊。」

我回想和春日共度的這幾個月。這段時光也告一段落了。

「一想到這是最後一次像這樣和妳見面，就覺得好感慨。」

「咦？是嗎？」

春日有點驚訝地說道。

「因為我們的關係只到提升分數並告白為止啊，以後沒理由見面了。」

「對喔。」

春日喝光手上的罐裝燒酒。她的臉紅冬冬的。

「哎，你都這麼說了，應該錯不了吧。」

「既然是最後一次就喝個痛快吧。要是把氣氛弄得很感傷，反而會依依不捨。」

「了解。」

接下來有點荒腔走板。春日突然說：「你看，我很會側翻喔！」也不管手會弄髒，一面側翻一面喝酒；後來累了，便雙眼無神地喃喃說道：「幸福的情侶全都去死算了。」並一口接一口地繼續喝酒。「人不談戀愛也活得下去」、「核彈一旦炸過來，戀愛根本沒意義」、「別戀愛了，好好讀書」、「學生的本分是讀書才對」她如此嘀嘀咕咕，說完又像電量耗盡的機器人，倏地安靜下來，就這麼睡著了。

「喂，春日，別睡著。」

春日充耳不聞，繼續在長椅上睡覺。我不能擱下她自己回去，又不想叫醒她，看著她這副模樣，我忽然有一種奇怪的感覺。不行——我閉上眼睛壓抑這種感覺，結果連我都在一瞬間睡著了。

接著，嘴唇上有種柔軟的觸感，我驚訝地睜開眼睛。

春日的臉龐就在眼前，近得可以往我臉上吹氣。

「青木，起來，該回家了。」

事出突然，我不知該做何反應，只說：「喂，妳剛才做了什麼？」

「誰教你一直叫不醒？」

這麼說的春日早已背向我走在數公尺前，所以我看不見她的臉。

「走吧，快一點。」

我懶得繼續追問，便淡然地隨後追上。

公園的燈光不知在幾時間熄滅了，四周變得烏漆墨黑。

我突然動起說出口的念頭。

也很訝異自己這麼想。

或許是鬆懈了。

平時和人相處時那種微妙的緊張感似乎解除了，讓我忍不住想說出來。告訴春日應該無妨吧。

或許她肯相信我。

「其實我看得見分數。」

「唔？什麼分數？」

「妳一直以為是我在給別人打分數，其實不是，我是真的看得見分數，就飄浮在每個人的頭頂上。妳的分數和其他人的分數，我全都看得見。」

「哦……」

現場一陣沉默。在彷彿永恆般漫長的時間過後，春日再度開口：

「我先回去了。」

「妳不相信對吧？」

「當然。如果你是說真的，那你最好去看醫生。」

臨別之前，春日啼笑皆非地說道。

我早就在看醫生了。

2

每個人都有不想見的人。

雖然很熟，卻因為討厭那個人的某個部分而不想和他見面。

對我而言，小康就是這樣的人。

另一種情形是完全不認識也沒說過話，甚至連長相都不知道，但還是不想見面。

對我而言，姊姊的結婚對象就是這種人。

一回到家就發現一雙陌生的皮鞋，我不禁猶豫是否該轉身出門來個夜間散步，不過家人已經聽見開門聲，姊姊也特地來到玄關對我說：「你回來啦。」平時她並不會這麼做。

「妳的男朋友來了？」

陌生男人的聲音從客廳傳來，感覺果然好詭異。

「直人，好好打招呼喔。」

我一走進客廳，那個男人便先一步起身向我這個高中生鄭重地打招呼：「幸會。」他的表情充滿自信。68分，以姊姊的條件而言，算是不錯的對象。

姊姊的新男友好像是從事資訊業，年紀輕輕就已經是董事。雖然我不太懂，但應該很厲害吧。老實說他長得不太好看，卻有68分，代表長相以外全都很優秀。或許沒魚蝦也好。

爸媽和姊姊都笑得很開心，感覺上像是在這個男人面前扮演幸福的一家人。

這種時候，換作從前的小康會怎麼做？我思考起這個無謂的問題。要是像小康表演給小時候的我看那樣，只要將手臂十字交叉便能真的射出光束，將這種令人鬱悶的光景全都燒燬，該有多好？

「對不起，我接一下工作上的電話。」

說著，姊姊的男朋友離開餐桌。大家都已經吃得差不多了，不成問題。

「人感覺起來不錯。」

媽媽說，爸爸和姊姊點頭附和，我也這麼想。只不過，我倒寧願他是個平凡無趣的人——我的心態挺扭曲的。

我想快點回房，來到走廊上，看見姊姊的男朋友正在講電話，態度頗為嚴厲。他的口吻雖然平和，斥責通話對象的言語卻很冰冷。有朝一日，他也會用這些冷言冷語對待姊姊嗎？

姊姊的男友和我四目相交，露出溫和的微笑，過一會兒才掛斷電話。

接著，他對著我說：「盡是些飯桶。」不知何故，他的口吻顯得有點開心，我不禁暗想：我實在不太喜歡這個人。

3

午休時間，我用智慧型手機連上YouTube，迷迷糊糊地看著C・羅納度在大好機會之下不斷射門失敗的影片，突然暗想：對，前幾天的我就是這樣。

為什麼會變成這樣？

我們明明是兩情相悅。

錯過那麼好的機會，我這輩子大概別想和任何人交往了。有這種危險性。再這樣下去，我會變成一輩子都沒交過女朋友的人。或許這樣的人生也不錯，但未免太孤獨。

繼續過這種孤獨的人生，未來會有什麼在等著我？

八成什麼也沒有。

對於人際關係，我總是懷有一種隱約的不安。

在那之後，我和春日鮮少交談，私底下完全沒說過話。

放學後，我差點去找春日說話，隨即又猛然回過神來。

春日正一派自然地和分數與自己相差無幾的人閒聊。看到她成為普通高中生，我感到很欣慰。

那天晚上在公園，是我說要保持距離的，可是我不明白現在這種形同陌生人的距離究竟適不適切。

如此這般，就在我帶著有點寂寞卻又覺得清靜許多的微妙心情度日之際，某天晚上春日突然傳LINE給我。

春日〉我有事想跟你商量。

訊息立刻顯示為已讀，讓我有點後悔，這樣活像我一直在等待春日傳LINE給我。我不好意思馬上回覆，拖著拖著，竟錯過回覆的時機。再怎麼說，過了一星期才回覆未免太奇怪。

雖然起初我並無此意，但就結果而言，我無視了春日的LINE。

就算只是傳個LINE，只要稍一鬆懈便會出差錯。

那一天進了教室以後，我不經意地尋找成瀨的身影卻沒看見她。她今天缺席嗎？

這時班導來了，開始點名，叫到「成瀨」的時候——

「有。」有人回答。

我把視線移向聲音傳來的方向。

簡直判若兩人。

59分。成瀨的分數暴跌到令人難以置信的地步。

她原本都會化淡妝，現在卻脂粉未施，頭髮也變成黑色的，而且凌亂不堪。

瓶底眼鏡、黃褐色針織衫、褪色的碎花裙、老氣的淡米白色襯衫，甚至還戴著貝雷帽。搞什麼？模仿手塚治虫嗎？

朝會一結束，我便去找這位漫畫之神說話。

「成瀨……？」

「是，有什麼事嗎？」

「呃，妳怎麼怪裡怪氣的？」

我直接了當地問。

「我只是來個高中逆向解放而已。」

這是我從來沒聽過的新名詞，大概是她自創的吧。

「成瀨小姐這次怎麼會想到要逆向解放呢？」

我忍不住用菜鳥記者的口吻詢問。

「沒什麼，只是改變一下形象。」

成瀨的改變形象給予我很大的衝擊。

我很想傳ＬＩＮＥ問春日：『成瀨變成那樣是我害的嗎？』隨即又冷靜下來，打消這個念頭。

我該攀談的對象不是春日，而是成瀨。

隔天，我面臨了「自然攀談的招式過於貧乏」的問題。

我想自然地和成瀨交談，詢問她為何不再注重打扮等諸多問題。

午休時間，我一面窺探成瀨的樣子一面思考。

話說回來，一般正常人是怎麼自然地和人交談？我越想越頭痛，但也只能繼續煩惱下去。

「妳有看昨天的新聞嗎？」這樣如何？可是，我自己也沒看昨天的新聞。我用手機上網看新聞，全都是負面新聞。「妳有看到昨天的違法政治獻金新聞嗎？我也好想收一次賄賂看看喔。」

這樣未免怪怪的。

有沒有更貼近的話題呢？比如班上的話題。有什麼可聊的？考試的話題？這次的物理考試範圍，妳已經念完了嗎？水手里貝我的船（註3）的里貝是誰啊？一點也不重要。剛才我上網查過，原來那是德語「我愛你」的意思。哎，就像我愛著成瀨一樣（露齒而笑）……真夠噁心的。

「青木，你從剛才就一直在做什麼？」

成瀨啼笑皆非的聲音傳來，我完全慌了手腳，沒想到成瀨會主動找我說話。

「咦？不，沒有啊！有、有什麼事？」

「還不是因為你一直盯著我看？你到底在幹嘛？」

「啊，對對對，水手里……」

「你又想說一些廢話蒙混過去了，對吧？」

我頓時束手無策，只好沉默下來。

環顧周圍，班上同學都在看我和成瀨。成瀨向來受人矚目，和我這種有點陰沉的人說話，更加引人注目了。或許是我想太多，可是我覺得好難受。

「在這裡不方便說。」

所以，對了，去視聽教室說吧！我正要這麼說——

「那放學後去唱KTV如何？」

成瀨說道。

「咦？」

我做出了滑稽的反應。

「幹嘛？不想去就算了。」

成瀨不悅地說道。

「哦、哦！我想去，一起去吧！」

不安與緊張、混亂與期待提升我的心跳數。

「那就這麼說定了。」

說完，成瀨回到自己的座位上。

之後，下午的課到放學之間，我都是坐立不安，一直用手機玩遊戲。

註3：日本背誦元素週期表的口訣。

4

放學後，我們來到學校附近的ＫＴＶ。

「欸，好勁爆。」

頭一個發現那件事的是成瀨。

「怎麼了？」

當時我們剛進包廂，連一首歌都還沒唱。

那間ＫＴＶ是自助式的，成瀨去拿飲料時碰巧看見隔壁包廂的情況。

「隔壁的包廂好勁爆。」

「哦。」

說著，我正要用觸控式遙控器選歌，但成瀨拉住我的手臂。

「現在不是唱歌的時候。」

「欸，怎麼了？」

「別問了，跟我來。」

成瀨拉著我來到走廊上，並用食指抵著我的嘴唇說：「噓！」我不明就裡地閉上嘴巴，在成瀨的催促下，從玻璃門窺探隔壁的包廂。

一個肌肉結實的男人映入眼簾。

「我只看得見肌肉。什麼意思？這是在兜圈子告訴我妳有戀肌肉癖嗎？」我對成瀨問道，她在我的耳邊輕喃：「仔細看。」

無可奈何之下，我只好依言定睛凝視。

仔細一看，那個肌肉男有張臉。

是曾山。

「是曾山耶。不過……那又怎麼樣？」

這間ＫＴＶ在學校附近，就算曾山在這裡，也沒什麼好奇怪的。

「還有另一個人吧？」

經她這麼一說，確實還有個女生。是誰？雖然是玻璃門卻是毛玻璃，看不清女生的臉。這時，那個女生站了起來。

「糟了。」

「撤退！」

我們暫且回到自己的包廂，並從室內窺探外頭的走廊。

從隔壁包廂走出來的是春日。

熟悉的春日臉龐經過玻璃門的另一側。

「怎麼回事？」我對身旁的成瀨宣洩自己的動搖。

「不，你問我，我問誰？」

「說得也是。」

「還有，青木，你的臉靠得太近了。」

「……對不起。」

我連忙縮回上半身。

「話說回來，他們……好像很甜蜜耶。」

「有嗎？」

「有啊。」

剛才春日和曾山的距離感確實很近……的樣子。

「該怎麼辦？」成瀨問我。

「還能怎麼辦……」

春日本來就喜歡曾山。冷靜想想，這是好事一樁。應該是吧。

「和我又沒關係。」

「那就好。」成瀨深深坐在塑膠皮沙發上。「點歌吧。」

我沒這種心情。老實說，我心裡悶悶不樂。不知是不是為了扭轉我低落的情緒，成瀨焦慮地說道：

「不然我們來比賽，贏的人可以要求輸的人做一件事。」

於是，我先開唱。

仔細想想，不曉得我和成瀨的歌曲喜好合不合？我喜歡有點冷門的搖滾樂，成瀨不見得聽過，所以我點了暢銷排行榜上的常客，一個我根本無感的樂團唱的某首我根本不喜歡的歌曲，因為那是暢銷金曲。我也練過這類歌曲，以免和班上同學來唱歌的時候破壞氣氛。

我一面留意音準一面唱歌，唱完以後，分數出來了。82分，還過得去。只不過連來到這種地方都要被分數左右，讓我有點喘不過氣。

「我可以唱我喜歡的歌嗎？」

成瀨點的是有點老的歌，要問是不是眾所皆知，可就難說了。

「這是青木的歌。」成瀨在間奏時說道。那是一首描述優柔寡斷的男人的歌曲，既灰暗又激情，是由男歌手所演唱。

不知道現在曾山和春日在聊些什麼？我還是有點好奇。

成瀨的唱腔和曲風很合。沒想到她這麼會唱歌，我大吃一驚。成瀨的唱功好到讓人有點畏怯的地步，不用看分數也知道是她贏了。

成瀨放下麥克風，室內變亮了，分數是94分。

「成瀨，妳真會唱歌。」

「從前我想過要玩樂團。其實我本來想加入流行音樂社，還去參觀過。剛才那首歌是新生主唱的甄選課題曲，所以我練過。」

「可是妳加入了網球社。」

「起先我想兩邊跑，可是後來就沒玩樂團。這種熱情總是冷卻得很快，沒什大不了。」

縱使只有一陣子，但在我看來，曾經全心投入某種事物的成瀨還是遠比我高等許多。我從來沒有全心投入任何事物過。要說我曾經熱衷的事……大概只有提升春日的分數吧。

「是妳贏了，妳可以任意要求一件事。」

成瀨陷入思索。看她這麼認真考慮，我忍不住緊張起來，連忙補上一句：「太花錢的不行喔。」

成瀨一面凝視著我，一面緩緩地湊過臉來。氣氛很詭異，她的表情活像在瞪我。她的臉越靠越近，近得不能再近了。

接著，嘴唇貼上嘴唇。

「…………」

「…………」

剛才是怎麼回事？發生了什麼事？

「……我先回去了。」

成瀨抓起自己的書包，逃也似地離開包廂。

只剩下我一個人留下來。

我把手上的麥克風拿到嘴邊，大聲咆哮：「到底是怎麼搞的！」之後才想到這麼做會被隔壁的曾山他們察覺。

隔壁的兩人是不是也做了剛才我和成瀨做的事？

這種事思之無益。

成瀨走了，我不想獨自唱歌，還是回去吧。我無力地拿起帳單。

這麼一提，成瀨忘記付錢了。

哎，無所謂。

問題是我檢查錢包時，發現裡頭只有零錢。

怎麼辦？錢不夠。

我頻頻嘆氣，沮喪了好一陣子以後，才打開手機打算傳LINE給春日。

〉現在立刻借我錢。

最後我還是沒把這則訊息傳出去。

春日明明就在隔壁，而且之前一直在我身邊，現在卻像在外國一般遙遠。

5

結果，我請姊姊來KTV救我。回到家以後，我躺在床上打開LINE。雖然有點遲疑，可是不問個清楚我睡不著，於是傳了訊息給成瀨。

我〉今天是怎麼回事？

我翻了個身望著天花板，暗想自己究竟在做什麼。

成瀨〉……沒什麼。

我〉接吻不叫「沒什麼」吧？

成瀨〉是嗎？

成瀨〉別問我。

我實在不明白。該打什麼才好？好困難。不過我不希望自己花太多時間，讓她認為我是一面煩惱一面打字，所以還是不管三七二十一地送出訊息。

我〉其實今天我是想談另一件事。

成瀨〉什麼事？

我〉就是啊……

我〉妳最近不是改變了外表嗎？

成瀨〉我要怎麼改變是我的自由。

成瀨〉沒錯吧？

我〉可是真的很奇怪啊。為什麼突然改變形象？

成瀨〉……

成瀨〉我覺得……

成瀨〉這樣可能比較符合你的喜好。

在我們互傳訊息之際，不知何故，春日也突然傳了ＬＩＮＥ過來。

春日〉欸～

應該不是什麼要緊的事，所以我連看也沒看，繼續和成瀨對話。

我〉我不懂妳的意思。

成瀨〉就是外表看起來比較不起眼。

成瀨〉或是笨手笨腳的樣子。你可能比較喜歡這樣。

我〉妳是說……

我〉妳故意降低自己的水準？

成瀨〉不知道。

成瀨〉我完全不知道。

成瀨〉好累。

成瀨〉青木，你希望我怎麼做？

我〉怎麼做……

是我害她變得情緒不穩嗎？這種時候的模範解答是什麼？

我〉妳只要維持自己的風格就行了。

成瀨〉可是……

春日〉欸！

春日，妳安靜一下。

成瀨〉我沒有自己的風格。

成瀨〉今天看到雜誌上說「用小飾品強化自己的風格」。

成瀨〉我該那麼做嗎？

成瀨〉對不起，算了。

咦？好會鑽牛角尖。老實說，我有點嚇到了。

成瀨是這樣的人嗎？

春日〉喂！

我〉什麼算了？

成瀨〉青木，你很愛鑽牛角尖耶。

我？鑽牛角尖的是我？為什麼？

不，或許我確實也很愛鑽牛角尖。

成瀨〉說話啊。

〉我不知道要說什麼啦！

（→不敢傳）

春日〉不要不理我！

春日，妳這樣搞得我很混亂，別傳了，放棄吧。

成瀨〉……不過今天去唱KTV很開心。

我〉是嗎？

成瀨〉下次我們去別的地方玩吧。

我〉好啊。去哪裡？

將訊息送出以後，我又覺得這樣好像不太對。是不是該說自己想去哪裡？可是，訊息已經變成已讀了。

被我置之不理的春日，依然不屈不撓地繼續傳ＬＩＮＥ給我。

我咂了下舌頭，打開春日的ＬＩＮＥ。妳都和曾山一起去唱ＫＴＶ，已經夠了，很開心吧。妳就去追求妳的幸福啊。

我〉幹嘛？

我〉我現在很忙。

春日〉大事不好了。

我〉啊？

我〉怎麼了？

我〉欸，快說啦。

就在我和春日的話題逐漸緊張化之際，這回輪到成瀨傳訊過來。

成瀨〉青木，你想去哪裡？

我〉去妳想去的地方就好了。

成瀨〉不是這樣。

成瀨〉不要什麼都叫我決定。

這麼一來，我就必須往返春日與成瀨的畫面之間傳送訊息，搞得手忙腳亂，腦袋也有些混亂。

我〉喂，妳現在在哪裡？

春日〉公園。

我〉妳只說公園，我怎麼知道在哪裡？

春日〉上次和你一起喝酒的公園。

我〉妳在煩惱什麼？

春日〉自己的感覺。

我〉什麼跟什麼？超級霹靂無敵鑽牛角尖。

成瀨的鑽牛角尖和春日的鑽牛角尖相乘之下，成了鑽牛角尖二次方，我的腦袋快過載了。

雖然聽不懂她在說什麼，但八成……不，不只八成，十成十是曾山的事。我該回應嗎？還是繼續無視？我想找人商量，可是沒有可以商量的對象，所以試著和 Siri 商量。

「我該怎麼回應春日？」

『對不起，聽不懂你在說什麼。』

Siri 真冷淡。

成瀨〉好吧。

成瀨〉那明天來我家好了。

我〉啊，嗯。

成瀨〉到時候再繼續聊吧。

和成瀨的對話就此告一段落，我不禁鬆一口氣。

春日〉總之，青木，快來阻止。

我〉阻止什麼？

春日〉用我的

春日〉貧乏語彙
春日〉很難說明
春日〉總之
春日〉救
春日〉救
春日〉我
春日〉吧

到底是怎麼回事?別鬧了行不行?

我把手機扔到房間角落,趴在床上把臉埋進床單裡。

別理她了。

好麻煩。

別管了、別管了。

我才不管她。

已經是晚上,我也洗過澡、刷過牙,就要上床睡覺了,不想出門。明天要和成瀨見面,還是快點睡覺吧。再說，我和春日最好別走得太近。雖然沒有明確的理由，但我就是有這種感覺。

我想了許多不去見春日的理由。

結果還是放不下心，從床上爬起來。

和別人扯上關係，就會多出一堆麻煩事。

我穿上涼鞋出門。

「救救我」是什麼意思啊？真討厭。

我快步走向公園，感覺不太對勁。

是身體不舒服嗎？我果然該去睡覺。該怎麼說呢？有點噁心。

我加快腳步，試圖揮去睡意，連汗水都冒出來了。

有種突兀感，似乎有什麼地方不對勁，心中有股奇怪的感覺。

不光是春日的ＬＩＮＥ造成的。

那是一種自己好像不再是自己的怪異感覺，讓我坐立不安。

斑馬線另一頭的超商燈光好刺眼。

奔馳在幹道上的車子引擎聲，聽起來像是帶有某種意義的前衛噪音音樂，不過我大概永遠都不明白是什麼意義。

號誌由綠轉紅，我停下腳步。

有時候，我會懷疑自己的腦袋是不是有毛病。雖然早就有一部分出了毛病，但或許毛病正逐漸擴散到整顆腦袋。

我到底打算活到幾歲？再活下去也只是地獄而已。不，別再裝出多愁善感的樣子鑽牛角尖了。

我不想煩惱。如果有不用煩惱的藥該有多好？

公園近在眼前。

號誌轉綠，我拔足疾奔。

似乎有什麼地方開始出問題了。

我在公園入口停下腳步，一面調整呼吸一面窺探裡頭。

春日和曾山在公園裡。

兩人面對面坐在長椅上，氣氛不錯。

我到底在做什麼？春日叫我來這裡幹嘛？氣氛不錯啊，自己看著辦不就好了？老實說，要我在這種氣氛下出面，實在辦不到。

然後，我看到了。
大家看過嗎？
和自己親近的人，比方說朋友接吻的畫面。
我看到了，心情很複雜。
同時，我後知後覺地明白自出門以來的異樣感是什麼。
我看不見分數了。
他們倆的分數，我完全看不見。

第六章

早上起床以後，我立刻去洗手間照鏡子。

果然沒有，看不見分數。

出現得突然，消失得也同樣突然。

之前一直看得見，所以現在感覺也好奇怪。

「好耶。」

我忍不住自言自語。

終於擺脫令我痛苦許久的分數。

是啊，這是一件值得高興的事。

我一直希望那些分數快點消失。

看不見分數才好。從以前到現在，根本沒發生過什麼讓我慶幸自己看得見分數的事。

乾淨的視野。

可是，我的心情卻不太舒暢，為什麼？只是還沒習慣看不到分數的狀態嗎？走進教室以後，依然看不見任何人的分數。正常的世界拓展於眼前。

「昨天你為什麼沒來？」

春日的聲音傳入耳中，嚇了我一跳。

回頭一看，表情活像幽靈的春日站在那兒，臉色蒼白，嘴唇紫得像發紺。那張臉是怎麼搞的？我雖然這樣想卻說不出口。其實我有去——這句話同樣說不出口。

「對不起，不過……」

很好啊，妳不是喜歡曾山？恭喜妳，祝妳幸福。不不不，我又不是小康。

「妳為什麼一臉不高興？」

「……我的臉色有那麼差嗎？」去照照鏡子吧！

這時候，上課鐘聲響了，對話也結束了。春日帶著還想說話卻不知道該說什麼的表情回到自己的座位上。

上課時，手機突然震動，讓我莫名心浮氣躁。我還沒適應看不見分數的狀態，情緒原本就不安定。

成瀨〉你還記得嗎？今天放學後。

我想起來了，今天約好要去成瀨家。

我〉當然記得，我很期待。

話說回來，看不見分數倒是有點不方便。這些不方便主要是在下課時間產生的。

比方說，和別人閒聊的時候。

我一時間想不起班上同學的分數，不知道該幫誰的腔。現在我還隱約記得勢力關係，勉強應付得來，可是等到升上二年級換班以後，可就傷腦筋了，這一點讓我忐忑不安。現在和別班的人說話時，我就已經有點頭大了。

更讓我傷腦筋的是，有時候我搞不懂自己的感覺。

和從前避之唯恐不及的低分同學說話時，我發現自己其實聊得挺開心的。雖然我慌慌張張地修正了對話方向，但事後冷靜想想，那並不是明智的判斷。

在人際關係上，我無法做出冷靜且合理的判斷，判斷精準度下降了。

這樣沒問題嗎？

而且，我也擔心自己現在的分數。之前，我總是在口袋裡放一面手柄鏡，有事沒事就確認自己的分數，可是現在不能這麼做了，我不知道自己做的選擇是否正確，感覺很不安。

一想到自己的分數若是在不知不覺間下降，我就好害怕，變得越來越沒有自信。

造訪成瀨家這件事，我也很想找理由拒絕。在尚未適應看不到分數的普通狀態前，和任何人進行親密對話都是種危險的行為。

然而，我想不出拒絕的理由，結果到了放學後，還是得和成瀨一起去她家。

「打、打擾了。」

我在玄關立正站好，緊張兮兮地對著屋內打招呼。成瀨一臉詫異地看著我。

「家裡沒人在。」

「……為什麼沒人在？」

「這個嘛……你說呢？」

成瀨有些淘氣地笑了，拍了拍我的背部說：「進來吧。」在她的催促下，我脫掉鞋子進入屋內。

成瀨家又大又新，和成瀨一樣有股香味。

「不要一直東張西望。」

我跟著成瀨前往她的房間。

「青木在我的房間裡，感覺真不可思議。」

成瀨房裡的家具是以白色為基礎色調，無論是品味或擺設方式都很有格調，是雜誌會刊登的那種室內裝潢，以高中生而言似乎太過成熟。和春日的房間真是大不相同。

「青木，你在想我以外的事吧？」

說著，成瀨捏了我的臉頰一把。

「偶肥偶啊（我沒有啊）！」

成瀨的手指力道出奇地強，害我變得口齒不清。

「你老是這樣。」

成瀨微微嘆了口氣說道：

「和我在一起的時候，總是在想別的事。」

我連反駁的氣力都沒有，懷著像是被摑了一耳光的心情茫然看著成瀨。

「現在想著我就好。」

在成瀨的正面凝視之下，我有點緊張，撇開了視線。

「我不知道這種時候該怎麼辦……妳都是怎麼做的？」

只見成瀨突然紅了臉，從我的面前退開，拉開距離。

「呃、呃……要試嗎？」

「試？」

「我試過，可是……」

我聽不懂成瀨在說什麼，一臉困惑。成瀨見了我的反應，顯得很焦躁。

「試什麼？」

「就是……你不懂嗎？」

成瀨的聲音微微上揚。

下一瞬間，成瀨閉上眼睛。

直到此時，我才後知後覺地明白原來是這檔事。該怎麼辦？這應該就是所謂的「還沒做好心理準備」吧。不過在我看來，眼前的成瀨似乎和我一樣。

「我突然想到，這該不會是大冒險吧？」

「……什麼？」

「就是妳玩遊戲輸了，別人命令妳要說謊整人之類的。」

「什麼跟什麼？青木，有人這樣整過你嗎？」

有。

「沒有。」

「我不會對你做這種事的。」

成瀨嘆一口氣。

「我不想要那些小心機，已經受夠了。」

成瀨的「受夠了」讓我感受到舊情人的存在，不禁有點緊張。為了這種事嫉妒太難看，可是她這樣賣關子、擠牙膏，讓我不得不在意。

「不管是什麼事，我都會坦誠以對，所以我希望你也能坦誠相待。」

我做不到。

沒有人會喜歡真實的我。

在我的心中，這是種近乎確信的想法。

這種想法的那種粗糙又噁心的觸感，是我唯一信得過的事。

虛假的我比較討人喜歡，成瀨喜歡的一定也是這樣的我。

我一面如此暗想，一面泰然自若地撒謊：「我也會坦誠相待的。」

「對不起，我很煩吧？」

成瀨撇開視線，微微地垂下臉。

「坐下來吧。」

成瀨說道，我依言坐到床緣。成瀨就在我的身旁，兩人自然而然地成了面對面的姿勢，像昨晚的曾山和春日一樣。

「老實說，今天我有件事要告訴你。」

「哦？什麼事？」

「我一直沒跟你說……」

成瀨的表情有些缺乏自信，我也被她的動搖影響，變得不安起來。

「我怕你討厭我，不敢說出來。」

成瀨抓住我的手。

「不過，我還是想跟你坦白。」

我暗叫不妙，這是我最不擅長應付的狀況。

如果我身在音速飛行的噴射戰鬥機裡，一定會毫不猶豫地按下逃生鈕。

「呃，是關於我前一個男朋友的事。青木，你交過女朋友嗎？」

為了逃避現實，我在心中想像自己打開降落傘、從天而降的模樣。

「我沒有和女生交往過。」

「嗯，看得出來。」

她說得理所當然，讓我有點沮喪，但是我沒表露在臉上。

「你看起來就沒什麼戀愛經驗，不過這樣才好。」

雖然有點難以釋懷，但我決定當成耳邊風。

「那妳的前男友是誰？」

「你也認識。」

「班上的人嗎？」

「曾山。」

糟透了！我在心中慘叫。

臉上雖然保持平靜，腦子裡卻直喊：糟透了糟透了糟透了糟透了糟透了糟透了糟透了糟透了糟透了糟透了。

「……啊，對了，我要看卡通。」

「咦？」

「我要看傍晚播的卡通，重播的，我每一集都有看，不能錯過，要趕快回去看。我要回去了，拜拜！」

我拿出當天最強的衝勁站起來，成瀨一把抓住我的手臂。

「不要只有在逃跑的時候才這麼生龍活虎行不行啊？」

「……抱歉。」

說歸說，我還是從成瀨的房間落荒而逃了。

曾山、山海、海獅、濕地、地溝油事件，沒了。我的思緒一片混亂，亂到忍不住拿曾山的姓氏玩起文字接龍。

曾山是前男友有什麼不好？

沒有不好沒有不好，完全是我不好，我知道，心知肚明，可是實在太糟了。

我突然想起從前發生的事，並試著整理。

六月的電子遊樂場事變。曾山帶成瀨來的時候，他們就是男女朋友了？當時，我開開心心地和成瀨說話，但他們已經是男女朋友。不行。曾山為什麼帶成瀨來？不行不行。他知道我和成瀨午休時間偶爾會見面，所以帶成瀨來牽制我。換句話說，就是「別碰我的女人」的意思？不行不行不行不行！

我抱住腦袋。

成瀨和曾山到底是什麼時候開始交往、什麼時候分手的？

我不敢問。

雖然超級霹靂無敵想知道，但要是問了，成瀨會覺得我是個心胸狹窄的人，所以我完全、絕對、百分之百不敢問。

那我該問誰？曾山嗎？

不行。

「青木。」

別跟我說話。

「青木，不好意思，我有事要拜託你。」

曾山的聲音傳來，我轉過頭。

現在是放學後。

「幹、幹嘛？」

我回答，背上微微冒出汗水。

「我等一下有事，可是今天輪到我打掃。」

曾山像開玩笑似地雙手合十，笑著做出拜託的手勢。

「青木，你可不可以幫我打掃？」

我凝視著曾山的臉龐。

一想到這小子體驗過許多我從未體驗過的事，一股火就冒了上來。如果是平時的我……應該會答應幫忙吧。

「不要。」

說完以後，我暗叫不妙。

「自己掃啦。曾山，你不要得寸進尺。」

曾山一瞬間露出錯愕之色。

「你以為你在跟誰說話？」

他隨即變為像虎頭蜂一樣充滿攻擊性的表情。危險！腦子裡警鈴大作。

「……反正不行就是了。」

我立刻離開現場，以免繼續刺激曾山。

我逃也似地快步走在走廊上。看不見分數以後，我好像變得怪怪的，明知道不保持自己的一貫形象，以後會吃到苦頭，還敢這樣。

現在的我向曾山回嘴，實在太魯莽了。

我居然變得這麼白目。

還是冷靜一點比較好，校園生活沒這麼簡單——我這麼告訴自己。看不見分數，讓我的情緒變得不太安定。

然而，更嚴重的事態在另一個時刻到來。

當時在下雨，而且是傾盆大雨，我一面慶幸自己看過天氣預報帶了傘，一面踏上歸途。

春日〉救救我。

我視而不見，將手機收進口袋裡，然而手機又震動了。我咂了下舌頭，再次拿出電話。

春日〉我忘記帶傘。

我不太想和春日碰面。看不見分數以後，避開春日的念頭再次復燃，我不想見她。

我不情不願地折返學校，只見春日就站在校舍入口。

仔細一看，她淋成了落湯雞，我不禁苦笑。

「妳為什麼濕成這樣？」

「我想用書包當傘跑回家，可是行不通。」

那當然，這天的降雨量大得誇張。

「謝謝。」

春日鬆一口氣。

「要是你沒來，我大概會融化在這陣豪雨中，被吸進排水溝裡吧。」

「吸進排水溝裡以後呢？」

「變成大海，錯不了。」

接著，春日一臉安心地進入我的傘底下。

「一起回家吧。」她說。

於是我們一起踏上歸途。

「我們這樣走在一起沒關係嗎？」我問。

「為什麼？」春日一臉詫異地反問。

「因為……」

我懶得多說什麼，只是凝視著春日。

看著春日濕掉的襯衫在狹窄的塑膠傘中不時觸碰我。

此時，一陣奇怪的感覺湧上心頭。

來得好突然。

糟糕。

我不想被發現。

「欸，春日。」

「唔？幹嘛？」

「這把傘給妳用。」

「咦？」

我把傘遞給驚訝地看著我的春日，拔腿就跑，活像在瀑布底下修行一樣，淋成了落湯雞。

我到底在幹什麼？蠢斃了。

之後，我在教室裡總會不由自主地追尋春日的身影。

雖然知道不該這麼做，視線卻忍不住朝春日的方向望去。我和春日在課堂上四目相交的次數變多了。她露出有些靦腆的笑容，我則是慌慌張張地撇開視線，看著窗外的景色分散注意力。

我在各方面都變得很反常。

全是發生在看不見分數以後。

我現在甚至開始頭痛，身體狀況糟糕到極點。

放學後，我和成瀨邊聊天邊走出學校。

「青木，你最近一直在看春日同學耶。」

被拿來當話題了。

「沒有啊。」我打哈哈。

「騙人。」

成瀨有點氣憤地嘟起嘴巴。她這副模樣真的好可愛，不知道是不是精心設計過的。

「我一直看著你，所以我知道。」

這回成瀨一本正經地說道：

「最近你真的怪怪的。」

「等一下，我覺得……好想吐，頭很痛。」

我在放學途中的巴士站長椅上縮成一團。

「怎麼了？」成瀨一臉擔心地望著我。

「沒事，休息一下就好。」我說道，隨即又感到好奇地問：「妳剛才說我怪怪的，是怎麼個怪法？」

「身體狀況和言行舉止都不像你，情緒好像不太安定。」

「看得出來？」

「欸，跟我說嘛。有事情讓你煩惱不安，對吧？說出來或許會輕鬆一點。」

有是有，而且不少，但全是不能跟成瀨說的事。

「沒什麼，妳不用擔心。」

「是春日同學的事嗎？」

成瀨的美麗臉龐在這時候微微扭曲了。

「妳幹嘛那麼在意春日？」

「因為你們感情很好啊。比如在遊樂場的時候。而且……」

成瀨有些支支吾吾，最後還是說了。

「青木，你是不是喜歡春日同學？」

「什麼跟什麼？別鬧了。」

我不想說這些話，卻克制不住。

「這樣太奇怪了吧？有比較要好的女性朋友，不見得涉及喜不喜歡的男女之情啊。什麼都要套進這種框架裡，未免太不講理。」

「不講理的是你吧，是你硬要把我套進『嫉妒女性朋友的女人』框架裡。不過，我覺得不是這樣。」

「呃……我完全聽不懂。」

「我是說，你沒發現自己其實喜歡春日同學，才是最糟糕的一點。我沒說錯吧？」

「欸，我真的不知道妳在說什麼。我喜歡春日？怎麼可能？妳想想……」

妳想想……再來呢？再來我就接不下去了。言語宛如阻塞的排水溝停止流動，只有一同阻塞的情感無謂地溢溢而出。

「你這樣好討厭。」

成瀨露出害怕的表情。我不想看見她這樣的表情。

「有時候我真的搞不懂你。」

成瀨把視線從我身上移開說道：

「我的前男友是曾山，對你打擊很大嗎？」

「我完全完全完全不在意滴！」

「滴什麼滴啊？語尾好奇怪。」

「才不奇怪滴！」

「青木，你有時候看起來像個騙子。」

我的心臟猛然一跳。

「對不起，成瀨。」

要是繼續和成瀨進展下去，會怎麼樣？

我暗自思考，很快就得出答案。

她會討厭我。這一點無庸置疑。

那我該怎麼辦？

「別管我。」

「什麼跟什麼？」

成瀨笑了，笑容似乎參雜著憤怒、焦慮和更多的失望。

「我要冷靜下來好好想一想。」

「隨便你！」

成瀨自己回去了。

我發現自己是頭一次這樣對待成瀨，但不可思議的是，唯一的感想只有「無可奈何」四字。

「……青木同學，你為什麼跑來我這裡？」

不知幾時間，春日的房間又恢復成原來的垃圾屋。我推開散落在地板上的物品坐下來。

「不曉得。」

「是你自己說別再見面的耶。」

「妳還不是一樣傳ＬＩＮＥ給我？」

「哎，那倒是。」

在和室椅上抱腿而坐的春日穿著有點暴露的家居服，一旦開始注意就會無限地注意下去，所以我撇開了視線。

「你到底來幹嘛？」

我這才想起自己是來跟她商量的。不過，我不想直接談這件事，所以先找了別的話題。

「春日，妳最近和曾山處得怎麼樣？」

我詢問。春日一直沒有回答，露出腦死般的表情，片刻以後才把視線移向地板，說了句「沒怎麼樣」，醞釀出一陣尷尬的沉默，害我無法繼續這個話題。

「我最近開始懷疑成瀨是真的喜歡我嗎？」我說道。

「為什麼？」

「我覺得成瀨說不定是因為我的分數低才喜歡我。」

而我或許是因為成瀨的分數高才喜歡她——這句話我因為心虛，沒說出來。

「什麼意思？」

「妳不懂嗎？」

「不懂……好奇怪喔。」

春日看著我，表情倏地變得認真。

「所以我最近都避著成瀨。」

「是因為其他事情吧？」

「不……」

雖然嘴上這麼說，但我其實也不知道是不是。

「曾山同學的前女友是成瀨同學。」

「妳知道？」

「我問出來的。」

不知何故，春日突然板起臉孔，用帶有怒意的口吻說道：

「鐵定是因為這個理由吧？」

「才不是。」

「成瀨同學的前男友是曾山同學，讓你大受打擊，不想跟她說話，可是如果理由是這個，顯得你很差勁，所以你就拚命找其他理由。」

春日又補了一句「好遜」，嘆一口氣。

「別的先不說，所謂的分數只是你可悲的妄想而已。被這種東西束縛、用這種眼光看待別人，太奇怪了。」

「妳還不是一樣？妳喜歡曾山，是因為他長得帥，頭腦也好，很完美。那妳的愛情還不是跟我一樣不純淨？」

我如此說道，春日一瞬間露出畏怯之色。我不管三七二十一，繼續揭瘡疤。

「這個世界上根本不存在柏拉圖式的愛情。看不看得見分數並不重要，就算看不見，妳應該也曉得吧？人的價值細分為許多標價牌，每個人隨時隨地都在對別人品頭論足。人不是生而平等，其實每個人都不想吃虧，就只是這樣而已。」

「那麼，只要分數一樣，換成任何人都行嗎？打個比方，你能跟分數和我一樣的人這樣說話嗎？」

我沉默下來，春日繼續說道：

「是啊。每個人喜歡上別人的時候，或許多多少少都參雜了一些雜質，我想我應該也一樣。可是，難道你不相信在不純淨之中，也帶有純淨的感情嗎？」

令人尷尬的沉默。

我們目不轉睛地凝視彼此。

先開口說話的是春日：

「青木，你是害怕，怕被人拒絕。」

我當然怕啊，有誰不怕？

「我也有試著用自己的方法和人交流。」

「還不夠。」

我茫然看著春日的嘴唇開闔。

「你要更努力一點。」

我無法判斷自己是否真的該這麼做。

我約成瀨晚上在公園見面，帶著些許醉意，騎著腳踏車飛馳至她家附近的公園。

「什麼事？」

成瀨有些困惑地說道，走向了我。

「我想給妳看這個。」

我閉上眼睛，將自己的筆記本遞給成瀨。

「這是你上課時常在寫的那本筆記本？」

「我在想什麼全都寫在上頭。」

我的腦袋還正常嗎？好像不正常。

「妳看看吧，什麼時候都行。」

「我有點不敢看。」

我緊張得發抖。

「不過，謝謝你。」

我們往長椅坐下。傍晚下過小雨，長椅有點潮濕，但我們不管三七二十一坐了下來。

成瀨握住我的手。

我的顫抖傳給了她。

「青木，你很害怕吧？」

成瀨說道，試著讓我冷靜下來。我只是默默地注視公園的沙地。

「說不定……」

「嗯。」

「妳看了筆記本以後，會覺得我很噁心。」

「才不會呢。」

「妳一定會討厭我。」

「不會的，你放心。」

之後，成瀨默默地陪我坐了十幾分鐘，等我冷靜下來。

在夜晚的寧靜公園裡，這是我有生以來頭一次覺得被他人接納。

成瀨〉筆記本我全部看完了。

成瀨〉對不起。

成瀨〉我可以老實說嗎？

成瀨〉我覺得……

成瀨〉有點噁心。

成瀨〉用這種眼光
成瀨〉看待別人
成瀨〉太差勁了。
成瀨〉我大概
成瀨〉沒辦法繼續和你來往。

隔天放學後，成瀨當面對我說道：

「好驚人。」

那是打從心底傻眼的語氣。

「青木同學，你是個怪物。」

聞言，我暗自心驚。是嗎？

「在我有生以來遇過的人之中，你應該是最糟糕的一個。你到底在想什麼？」

我無言以對。

「當然，每個人都會在無意識間思考這類事情，在腦海角落估算對方的價值，大家都有這種經驗。可是，你實在太極端了。」

經成瀨這麼一說，我也有這種感覺。

「青木，你是不是認為現在就配得上我了？」

成瀨氣憤地說道，並用雙臂抱住自己。

「我無法接受。青木，你真的太奇怪了。」

成瀨的臉上失去表情，變得像溜冰場一樣平坦。

「這個。」

說著，成瀨從抽屜裡拿出昨晚我交給她的筆記本。

「這是什麼？」

她打開某一頁，指給我看。

出現於眼前的是我完全沒料到的畫面。

「降低成瀨分數的方法，這是什麼？」

「那是……呃……一時鬼迷心竅。」

那時候，當我想著這種蠢事的時候，確實在筆記本上寫下這些東西。現在我很後悔自己在筆記本上寫了這些。不過，當時我用橡皮擦仔仔細細地擦掉了。

但那些字全被描了出來。

我的字跡完完整整地浮現在被自動鉛筆的黑檀色線條塗得一片黑的頁面上，清晰可辨。

「我明明擦掉了。」

「看到用橡皮擦擦掉的不自然痕跡，不論是誰都會好奇吧？」

「呃……」

我現在是不是應該立刻下跪道歉？如果人生中有必須下跪的時刻，應該就是現在這一瞬間吧。可是……在我考慮之際，眼前的成瀨毅然決然地說道：

「抱歉，你讓我有點噁心。」

啊，我又傷害了成瀨。

為什麼老是這樣，做什麼都不順利？

「抱歉，青木。」

我真的無法接受——成瀨說道。

又失敗了。

我有這種感覺。

這是第幾次失敗？

「我要回去了。」

在成瀨起身的瞬間……

「咦？心愛為什麼在哭？」

聲音從教室後方傳來。仔細一看，是曾山。

「你在這裡幹嘛？爛透了。」

「咦？原來是青木啊。你把心愛弄哭了？鐵拳制裁，邪惡必滅。」

說著，曾山踹了我一腳。

我無力承受。

「不要在別人面前叫我『心愛』行不行？」

別人面前。我心裡五味雜陳。

「對了，那本筆記本是什麼？」

「不，和你沒關係。」

成瀨慌慌張張地藏起筆記本，曾山朝著成瀨伸出手：「給我看。」

「我可以說句話嗎？」

我說道，對話一瞬間靜止，兩人錯愕地看著我。

「幹嘛啦？青木，閉嘴，小心我再賞你幾拳。」

「用手才叫拳，用腳是踢，剛才曾山是踢我。」

被暢所欲言的神祕成就感包圍的當然只有我，在場的另外兩人都是目瞪口呆。

「拜拜，我要回去了。」

我覺得一切都不重要了，離開了教室。

因為我不想繼續看他們交談。

我有些期待成瀨會叫住我，不過沒有人出聲，我就這麼垂頭喪氣地走回家。

猶豫許久以後，我還是決定這麼做。

我把放在包包裡隨身攜帶的藥品全都扔進馬桶裡沖掉，因為我不想再服藥了。

幾天後是回診的日子，我頭一次沒去醫院報到。

某天，我放學回家，發現醫生在家裡。

他悠閒地坐在客廳裡，用毛巾擦拭汗水。

我覺得好噁心。

這麼一提，爸爸昨天出差去了。

「你怎麼沒來？」

醫生並未注視我的雙眼，而是繼續看著電視說道。

「看不見分數，我的人生變得亂七八糟。」

「話說在前頭，那是你的幻覺。把你治好、讓你不再看到那些分數，是我的工作。」

我沒有回答，醫生又繼續說：

「直人同學，我認為你只是拚命對自己灌輸世間的價值觀而已。其實你不用這麼拚命。」

少自以為是了。

「我不想治好。」

「你在胡說什麼？」

醫生一臉困惑。

「該怎麼說呢？我想繼續維持不正常。」

我斬釘截鐵地說道：

「我不想誠實面對自己的心。」

醫生發出困擾的笑聲。那種笑法就像是面對鬧脾氣的小孩，令人不快。

第七章

+天

我本來以為停藥就能復原，誰知完全不是這麼回事，我依然看不見分數。

非但如此，頭痛變得更嚴重了。是因為我自作主張扔了藥嗎？

我懷著厭倦的心情去上學，走在通往學校的路上。

越接近校門口，學生就越多。大家真勤快啊，在固定的時間起床，聽著不知道究竟有沒有意義的授課內容，長大成人以後又要去公司上班，日復一日，直到死亡為止。為什麼大家能夠持續做這種事？雖然我也在做，但有時候真的覺得很不可思議。

在這個時候突然發生了異狀。

e、@-、%)、/,、m#。

背上有種發毛的感覺。

我的視野出現一堆活像亂碼的錯誤文字，在眾多學生的頭頂上飄浮著。

從前浮現分數的位置，現在變成奇怪的文字。

怎麼搞的？

這是看見分數的前兆嗎？或許不久後，視野又會變回以前那樣。起先，我做了這番樂觀的解釋，但數字一直沒有恢復原狀，依然呈現亂碼狀態。

「青木，早。」r} 說道。

「你好像很想睡。」$3 說道。

「今天的體育課要踢足球耶。」ãɪ 說道。

「打起精神來啊。」+# 說道。

好恐怖。

不，數字本身當然也很詭異，但更讓我害怕的是自己或許真的瘋了。

我連開玩笑回應閒聊的心情都沒有。

為什麼變成這樣？

現在我光是和人說話都覺得想吐。

無論腦袋出了什麼問題，日子依然得繼續過下去，正是最殘酷的一點。當我陷入輕微恐慌的時候，課還是照樣在上。

我猶豫著是否該早退，不知不覺間，第四節課結束了，進入午休時間。既然已上完半天課，就咬牙撐過今天吧。

可是，我連呼吸都有困難。我搖搖晃晃地起身走出教室，不想跟別人待在一起，光是看到那些亂碼化的數字就想吐。

只是分數變成亂碼而已，別在意——我在心中對自己如此輕喃，可是頭暈得好厲害。

我去廁所大吐特吐。

喉嚨好乾，想喝水。

意識模糊不清。

我爬到走廊上的飲水機漱口、喝水。

真的撐得下去嗎？

不知道，或許不行。

春日在哪裡？

「你叫我？」

一道聲音傳來，我驚訝地抬起頭，只見春日就在身邊。

「你剛才叫了我的名字吧？」

心裡想的變成聲音傳出去，也挺糟糕的。

「青木，你好像很不舒服。」

春日望著我，一臉擔心地說道。

不過，春日的分數也是＝。

「沒事，別管我。」

「去保健室吧。」

可是保健室也有人。

「不要。」

「什麼？你到底怎麼了？」

「打個比方，大概是社交恐懼症的嚴重版本吧。」

「為什麼會變成這樣？」

「不知道。」

頭好痛。

乾脆昏倒算了。

好想吐。

「好吧，隨你高興。我會陪著你，你想怎麼做？」

春日抓著我的身子說道。

「去哪裡都行，只要是沒有人的地方就好。」

「呃，我想想。」

春日帶我前往視聽教室。

走進裡頭一看，空無一人，太好了。

我倚著窗邊的牆壁，倒向地板。

「這裡就沒有人了。」

確實如此，平時沒人會靠近這裡。

我調整呼吸，試圖冷靜下來。

有辦法回去教室嗎？

「你哪裡痛嗎？」

我搖了搖頭，閉上眼睛。好安靜。打從一開始，我就該這麼做的。覺得痛苦就閉上眼睛，很簡單。找到了解決方法，心情輕鬆許多。

閉目休息一陣子後，宣告午休時間結束的鐘聲響起。

「該去上課了。」

我想起身，春日卻拉住我的手，讓我坐下。

「不用去了，在這裡多休息一下吧。」

春日依然握著我的手。

她的身體朝著反方向，只有手伸過來。

我們兩人就這樣手牽著手。

「如果需要我幫你做什麼，就跟我說。要我買水過來嗎？」

「不，不用。」

其實我的口又渴了，可是我拒絕了。

我們就這樣發呆好一陣子。

有種莫名的滿足感。

我用空著的手摀住眼睛，詢問春日：

「那時候妳為什麼親我？」

她的聲音突然慌亂起來。

「現在問這個幹嘛？」

因為我覺得錯過現在，就永遠不會問了。

過了一會兒……

「因為我想親。」

春日喃喃說道。

「想親就可以親嗎？」

我朝著春日躺下，把頭枕在她的膝蓋上，仰望她的臉龐。

「不行。」

春日的聲音意外地冷淡，我沉默下來。就在這時候——

「你們在幹什麼！」

隨著一道粗獷的聲音，視聽教室的門打開來。是體育老師。

後來，我們被狠狠罵了一頓。如果只是這樣還好，但我和春日蹺課跑去視聽教室的事很快地傳遍整個學校。

「抱歉。」

放學後，我和春日一起回家，我在路上向她道歉。

成瀨〉青木，你果然喜歡春日同學嗎？

我〉怎麼可能。

我一面回傳LINE給成瀨，一面繼續和春日說話。

「好一點了嗎？」

「嗯。」

「那就好。剛才是怎麼一回事？」

要說明之前，必須先讓她相信分數的事，這似乎很困難；再說，不只剛才，異狀現在也尚未結束，依然持續著，而我根本搞不懂是怎麼回事。春日的分數還是呈現〓狀態，路上行人的分數也都是些h:、ㄨ之類的，我盡量不去直視，把視線移向LINE的畫面。

成瀨〉你是故意要氣我？

我〉妳在說什麼？

成瀨〉就是……

不敢傳〉快點討厭我吧。

「應該習慣就好了吧。」但願如此。

不過，被老師發現倒是很糟糕。放學後，這件事已經在教室裡傳開來。

「青木和春日果然有一腿。」

「他們本來就很可疑了。」

「聽說他們在視聽教室裡打情罵俏。」

「什麼？好色喔。」

真是糟透了。

「妳和曾山在交往卻和我傳成這樣，對不起。」

「啊？」

春日發出高八度的聲音，滿臉驚訝之色。

「我和曾山同學沒交往啊。」

我感到一陣混亂。

「你們不是接吻了嗎？」

「你看見了？」

春日一臉困惑。

「你是什麼時候、在哪裡看見的？」

那一晚的公園——我說不出口，因為後來我逃走了。

話說回來，他們時常四處接吻嗎？

「呃，我不想給曾山同學添麻煩，所以要澄清一下。」

「澄清什麼？」

「我們真的沒有在交往。要是說有，就是騙人了。」

「可是，沒有交往會做……那種事嗎？」

「有時候會啊。」

說著，春日露出近似賭氣的表情。她是這樣的人嗎？我有點搞不懂。

「我完全不懂，覺得很恐怖。是什麼意思啊？」

「吻……吻友？」

「啥？」

一股火冒上來，我輕輕踹了附近的電線桿一腳。無法用言語宣洩，只能拿東西出氣。

「對我來說，算是在排隊吧……」

想像瞬間延展開來。許多女人在曾山面前排隊，春日像是等著買最新型的 Playstation，乖乖地排在最後面，不過暫時還輪不到她。

「是曾山叫妳當他的吻友嗎？」

「不是，是我說的。」

「妳說的？我完全沒收到妳的報告、聯絡、商量耶。」

「你是笨蛋啊？為什麼我要一一向你報告？」

春日一臉不悅地說，我也想不出任何符合邏輯的理由來說明她為何必須告訴我，又或許該說這種理由本來就不存在。

「曾山同學說炮友可以有很多個。」

「泡友是什麼？」

不知道是因為春日說話像含了顆滷蛋，還是因為這個字眼太過出人意表，起初我真的不知道她在說什麼，大為困惑。

「就是打炮的朋友。」

「哦，那個炮友啊。」

我終於明白她的意思，鬆一口氣，隨即又慌了手腳。

「呃，就是常聽人家說的那種『雖然有肉體上的關係，雖然會做、做愛，但我們不是情侶』

的炮友？」

「不、不然還會是什麼？」

「鞭炮，也就是一起放鞭炮的朋友？」

「什麼一起放鞭炮的朋友啊？聽都沒聽過。」

「說、說不定真的有啊。」

「才沒有呢。」

說著說著，我焦躁了起來。

「妳不覺得這樣很奇怪嗎？」

「我還沒做好心理準備，畢竟沒有戀愛經驗，所以跟他說希望可以慢慢來。」

「唔？所以妳最終是以炮友為目標嗎？」

「不、不知道，算是嗎？」

「什麼跟什麼？春日，妳想從吻友變成睡友，然後將來要成為炮友？什麼鬼東西啊？妳是變形蟲嗎？」

「我、我也不曉得，只是順勢就……」

「欸，處女跟人家當什麼炮友啊！是處女卻想當炮友的妳腦袋有問題，想把處女當炮友的曾山也一樣腦子不正常！」

我越說越生氣。

「氣死了。」

該向誰發洩這股怒氣？

「春日，把曾山的電話號碼告訴我。」

「你要做什麼？」

「打電話給他。我只知道他的ＬＩＮＥ而已。快告訴我。」

「不要啦，你一定會亂來。」

「亂來的是你們兩個。」

我硬是從百般抗拒的春日口中問出電話號碼，並一鼓作氣地用自己的手機打電話給曾山。他沒接讓我很不爽，使出奪命連環扣，電話終於打通了。

『……是誰？』

曾山狐疑地問。

「我是青木。」

不知何故，我用了敬語。明明是同輩，我到底是怎麼了？打電話前的那股怒濤般氣勢，在聽到曾山聲音的瞬間萎靡，我被一口氣拉回現實中，幾乎又變回原先那個卑微的自己。

『啊，是、是，青木同學。』

他的聲音中帶有明確的嘲弄之色。

『有什麼事嗎？我現在很忙。』

「我有重要的事要跟你說。」

『什麼？我聽不見。』

「呃，我有事要跟你說。」

『你的聲音好小，大聲一點。』

「我說！我有事！要跟你說！」

我用近乎怒吼的聲音叫道，曾山邊笑邊說：

『抱歉，收訊不良，我要掛掉了。』

「喂！」

『開玩笑的，你別當真嘛，其實一開始就聽得見了。好，我們有什麼話好說的嗎？應該沒有吧？』

「是春日的事。」

『春日？哦，你們很要好嘛，今天也一樣。啊，我懂了。』

曾山用宛如想到惡作劇好點子的小孩般的聲音說道：

『青木，你喜歡春日，對吧？』

「我不是要講這個。」

『沒關係啊，你要和春日交往就去吧。啊，等一下。』

接著，曾山和身旁的某人說起話來。

『……別這樣，我在講電話，就是那個叫青木的。不記得？就那個人啊，應該有點印象吧。

不，是完全不重要的事。』

「欸！」

『唔？幹嘛？』

「你老是一副老神在在、嘻皮笑臉的樣子，看了就有氣。去死啦！」

暢所欲言的快感和不該逞口舌之快的後悔，就像咖啡牛奶一樣參雜混合，在心中形成尷尬的滋味。

『怎麼？你想吵架啊？』

「啊，嗯。」

我發出很蠢的聲音，心中暗自焦急。

「我是想吵架。可以見面再說嗎？」

『那就來我家吧，家裡還有我的朋友和……女人，沒關係吧？』

「可以把住址告訴我嗎？傳LINE給我就行了。」

曾山說「好」，我正打算掛斷電話時——

『做好覺悟吧。』

他用陰沉的聲音對我說道。

『還有，青木，我從以前就覺得你的說話方式很噁心，自己注意點。』

「是啊。」

我附和道。隨著一道咂舌聲，電話掛斷了。

「欸，你到底在幹什麼？」

春日一臉困擾地看著我。

「你這樣我很傷腦筋，不要亂來，別去了。」

說著，春日抓住我的手臂。

「不，打了電話卻沒去，這樣很遜。」

「你遜一點也沒差。」

這麼說讓我很受傷，我甩開了春日的手臂。

「你去了打算怎麼做？」

「給他一拳。我是菲多．艾米連科。」

我對著空中揮拳。

「算了啦。曾山同學好像很會打架，像你這樣的弱雞，會被秒殺的。」

「別擔心，我會上網查詢正確的揍人方法，邊走邊學。」

「……你以為這樣就能贏嗎？」

春日啼笑皆非地看著我。

「好啦，我會逃跑，要是他打我，我拔腿就跑。」

我說道，春日一臉厭倦地嘆一口氣。

「為什麼要訴諸暴力？我可以接受就行了啊。」

「不行。」

「為什麼？」

我不知道，不過就是不行。

「欸，青木，你有點可怕耶。」

春日一臉擔心地凝視著我。

「別露出那種表情，沒事的。」

我再次望著春日。要是繼續說下去，我怕自己會胡言亂語，連忙轉過身前往曾山家。

＝

正確的揍人方法。握緊拳頭，像握住拇指那樣；手臂打直，就像要穿透一切。

我一面用智慧型手機上網，一面前往曾山家。

抵達目的地——曾山家以後，我傳ＬＩＮＥ通知他。

曾山〉進來吧，門沒鎖。我的房間在二樓。

來到這裡，不能回頭了。

我走進玄關。

昏暗的走廊上空無一人，也沒有家裡的人出來應門的跡象。我脫下鞋子，走進屋裡。

走上沒開燈的樓梯，來到二樓，只有一個房間的門開著，而且有燈光外漏，房裡傳來一道聲音：「進來吧。」

我走進房裡。

曾山倚著單人床緣坐著。

房間少說有五坪大，除了曾山以外，還有三個男生和一個女生。由於亂碼仍在持續顯示中，我不知道他們的分數，不過八成都比我高。我有點膽怯。

包含我在內，房裡共有六個人，就算房間再大還是充滿壓迫感。

「好了，有什麼事？青木。」

房裡瀰漫著香菸的煙霧，臭氣沖天。這就算了，所有人都是流裡流氣的樣子，看起來好恐怖。

「幹嘛不坐下來？」

女生用嘲弄的口吻對我笑道，我依言坐下來。我坐在房間中心，其他人團團圍著我，活像中世紀的審判。

「幹嘛正座？」]f 說道。

「好好笑。」j& 說道，笑得更厲害了。

我站起來，從口袋裡拿出美工刀。大家都驚訝地瞪大眼睛，而我不管三七二十一，拿刀刺向曾山的眉頭。「呃啊！」鮮血如噴泉般噴湧而出，他慘叫一聲，往後倒下。接著，我用美工刀把剩下的人全都殺光，一個也不留。

……我妄想到這裡時，「？」的聲音把我拉回現實：「喂，你有沒有在聽啊？」

「抱歉，曾山，可以先叫大家回去嗎？我想和你單獨說話。」

我說道，眾人隨即哄堂大笑，只有我一本正經。

「春日的事大家都知道，不要緊。」

曾山露出爽朗的笑容，說出這番殘酷的話語。

「啊，是嗎……」

對於曾山而言，春日大概是玩具吧。或許他有這麼做的權利。或許只要分數夠高，就有權任意處置分數低的人。

我看見曾山的房間角落立著一把電吉他，仔細一看是Telecaster。討厭的人和自己喜歡同樣的東西，令我五味雜陳。

「跟現在的女友分手，和春日認真交往吧。」

「你以為你是誰啊？」]f說道。

「我確認一下。」

曾山站起來俯視著我。

「青木，這和你沒關係吧？這是當事人的自由戀愛和感情。」

「可是……」

「我根本不相信女人。女人總是一下子就背叛，根本是混蛋。我才不會把她們當成戀愛的對象。我超討厭女人的。我喜歡做愛，可是對女人沒興趣，從來不覺得和女人聊天很開心，也從來沒對女人有過尊敬或信賴之類的感覺。這樣講雖然很露骨，不過是我的真心話。老實說，和女人說話只是為了上床而已。我不和任何人交往，是因為交往沒有好處。」

「可是，這應該是春日的初戀。」

「那又怎麼樣？一點也不重要。」

「誰說不重要了？」我說道，可是完全無法打動曾山。

「我早就想玩玩看處女了。人生凡事都是經驗嘛。」

我虛脫了，但還是試著開口反駁。

「可是春日很單純，跟你、跟我不一樣，別這樣對待她。」

「這個世界上才沒有什麼單純的人。」

曾山一臉厭煩地把香菸的煙霧往我臉上吹。

「就算有，也只是那個人自以為單純而已。每個人都以為自己是好人，不是嗎？」

莫非人類卸下外皮以後，個個都和他一樣自私自利？

「給我錢就行了，這樣我就和春日斷絕關係。」

曾山說道，除了我以外的所有人都嗤嗤笑起來。

「啊？」

「十萬就夠了。你想想，沒有任何好處，我根本沒義務照你的要求去做啊。」

「我沒那麼多錢。」

「隨時都可以。你應該籌得到吧？只要你拿錢來，我立刻把春日當隱形人。」

我再也說不下去了。無論我說什麼，都無法說服曾山。

「你可以回去了，等籌到錢再跟我說吧。」

我無力地站起來，茫然看著曾山。

「你有什麼好跩的？」

「是沒什麼好跩的。」

曾山笑道：

「只不過，我打從心底不懂你為什麼可以活得這麼窩囊。要是我，早就羞愧自殺了。」

這小子怎麼不去死一死——就算心裡這麼想，我還是無法回嘴。

因為我沒有實力。

⁂

隔天早上到校以後，我看見自己的筆記本被貼在黑板上。

一陣竊笑聲傳來。

我立刻察覺自己被整了。

筆記本怎麼會在那裡？

大事不妙，可是我無法挽救。

「嗨。」有人對我說道：「原來你覺得我48分，是個又醜又白目的蠢蛋啊。」

「對啦！」

我自暴自棄地說道，走向自己的座位。

桌上放著好幾條濕抹布，我把它們撥開坐了下來。好臭，不過我會忍耐。

「我從以前就覺得他怪怪的。」

這道聲音傳入耳中。我管不了那麼多。

「他老是照鏡子。」「自戀狂。」「好噁心。」

手機震動了。仔細一看，是我被踢出班上LINE群組的通知。我早就嫌煩了，這樣正合我意。

班上同學一齊垂眼看手機，隔了幾秒笑聲在教室裡迴盪。八成是在群組裡說我的壞話。

啊，開始了。

這種悲慘不堪、糟糕透頂的感覺，我已經很久沒嘗過。

不行，我在動搖，必須讓自己鎮定下來。我閉上眼睛，做了個深呼吸。

這時候，一顆籃球飛過來，擊中我的腦袋。

回頭一看，曾山正嘻皮笑臉地看著我。打中我的球反彈回去，在教室的地板上彈跳一下，正好回到曾山跟前。

「抱歉。」

曾山面露賊笑。

「小心一點。」

我無力地笑道。

籃球又砸到我的頭。

「抱歉，青木菌。」

熟悉的名稱。青木的細菌，簡稱青木菌，據說殺傷力比炭疽桿菌更高，一旦接觸到，不是立刻死亡，就是變成喪屍。他是從哪裡聽來的？話說回來，我就讀的高中裡也有和我讀同一所國中的人，曾山八成是向其中的某人打聽的吧。

成瀨尷尬地垂著頭。不過，我不怨成瀨。

這時，春日走進教室。

我不想被春日看到，因為只是徒增傷害而已。

起先，春日一副不明就裡的模樣，看見貼在黑板上的筆記本以後，似乎立刻掌握了大致狀況，露出又似擔心、又似憐憫的微妙表情看著我。別露出那種表情啊。

「大家太奇怪了。」

春日的聲音顫抖，義正辭嚴地說道：

「為什麼要做這種事？」

啊！春日的分數下降了。

明明已經看不見分數，我卻一目了然。

別發揮這種沒有意義的正義感。

春日的分數，我們花了將近一年累積的分數說降就降。

我好想哭。

「妳閉嘴啦！」

我大大地咂了下舌頭，瞪著春日。春日的身子猛然一震，不可置信地看著我。

「春日，誰拜託妳擔心我了？妳這一點……真的很噁心。」

「最噁心的是你吧？」

我嚇了一跳回頭一看，曾山對著我如此說道。

「大家也這麼覺得吧？」

曾山徵求大家的贊同。

只有和曾山交好的人開口附和：「噁心死了！」大多數的班上同學只是撇開視線，沒有人正眼看我。不過，待會兒他們應該會在ＬＩＮＥ上頭發牢騷吧。

我無言以對。

背後，有人把濕抹布塞進了我的衣服裡。

我在男廁看著自己的臉。

那張可悲的臉和我最不想看見的昔日面容如出一轍。

一切的努力都是白費。

不知何故，我有種找回自我的感覺。

我總是在害怕自己再次跌回谷底。

成天提心吊膽，擔心這種遮遮掩掩的日子、這種詐欺行為總有一天會曝光。

這就是我的定位，金字塔底層。

感覺活像全世界只有我一個人。

地球因為核戰滅亡，眼前全是人形生化人，我是人類最後的倖存者——這就是我現在的心境。

第八章

早上起床，身體沉甸甸的。

一點力氣也沒有。

我爬到樓下的餐桌邊。真的是用爬的，所以家人都大吃一驚。

「抱歉。」

我用憂鬱的聲音說道：

「我沒辦法上學。」

爸媽並沒有對我說教，因為這已經是第二次了。

於是，我因為身體不適向學校請假一陣子。

當我在自己房間裡發呆時，吃完早餐的姊姊來到房門前，但是她並沒有進來。

『你沒事吧？』

我們隔著門說話。這樣活像連續劇裡的真正繭居族，有一點點好玩。

「應該沒事。」

說歸說，我真的沒事嗎？

『在學校裡發生了什麼事嗎？』

我不能老實說，因為實在太丟臉了。再說，要說明也很複雜，所以我沉默不語。

『媽媽剛才說，你可以休學沒關係。』

姊姊用格外溫柔的聲音說道，或許是在顧慮我吧。

『不去學校，也可以出人頭地的。』

是嗎？我很懷疑，思考起分數的事。比方說，工作面試時，面試官問我：「您高中中輟，請問是什麼原因？」我沒自信能好好回答。連對姊姊都說不出口的事，要怎麼跟一個剛見面的陌生人說？我覺得自己辦不到。

「我自己會看著辦，別管我。」

我只能這麼說。雖然一點把握也沒有，但現在只希望大家都別管我。

我鑽進被窩，閉上眼睛。

現在我只想好好睡個大頭覺。

不久後，我的心漸漸淨空，成了只會呼吸、只有存在的物體，唯獨意識在黑暗中變得越來越清晰。啊，我真的病入膏肓，沒救了。

＊＊

在闔眼後的黑暗之中，我想起自己的國中時代，第一次逃學時的事。

當時，我只覺得不該是這樣。

進教室以後，我發現自己的桌椅不見了；仔細一看，周圍的人都在賊笑。沒有桌椅就不能入座，我茫然杵在原地。

望向窗外，只見我的桌椅不知何故被孤伶伶地擱在操場上。大概是有人特地提早到校，把我的桌椅搬走。

不過，無論我杵在原地多久，都不會有人幫我把桌椅搬進教室裡，我必須自己去搬回來。我厭倦地走向操場。當我來到走廊時，上課鐘聲響了，令我更加厭煩。要是被老師發現就會挨罵，

第八章

所以我一面躲躲藏藏，一面無力地走向操場。

外頭下著小雨。

操場的泥土是濕的，觸感十分冰冷。

當我走到位於操場中央的桌椅邊時，已經撐不下去了。

我坐到椅子上。

連日來的惡整讓身體疲累不堪。

一坐上椅子，就有種再也站不起來的感覺。

一切都無所謂了。

我趴在桌上，閉上眼睛。

那時候也和現在一樣，身體沉甸甸的，心情很鬱悶，睡意濃厚，好想睡。

好想就這麼消失。

「你在這種地方做什麼？」

一道粗野的聲音把我的意識拉回來，我抬起臉來望去，體育老師就在眼前。仔細一看，換上體育服的班上同學正窺探著我。

「喂，青木，你在胡鬧什麼？」

老師說道。他該不會以為我是自己把桌椅搬到這裡來睡覺，譁眾取寵吧？不，不是的，他應該也隱約察覺到是怎麼回事，卻故意採取這樣的行動。真是異常——我如此暗想，又覺得看在別人眼裡，異常的八成是我，他才是正常人吧。

一思及此，一股火就冒上來。那個老師的禿頭映入眼簾。

「吵死了，禿頭，小心我宰了你。」

我喃喃說道，班上同學發出輕蔑的嘲笑聲。老師大發雷霆。我想揍人，卻不知道該揍誰。在我揍完全部的人之前，大概就會被制止吧。

「我要回家了。」

我拿起書包，離開校舍；走出校門以後，我回頭望著學校。

一想到以後應該不會再來這裡，雖然沒有半點美好回憶，還是忍不住心酸。

其實我也想享受普通的青春生活，有朋友、有女友，一起忙著準備文化祭，一起嘻笑打鬧。我想過的是這樣的生活。我和他們到底有什麼不同？我想，就是因為不明白有什麼不同，我才會變成這樣吧。

之後，在回家的路上，有好幾個人從後面追上來，用金屬球棒打得我頭破血流。

**

「春日同學來了。」

睜開眼一看，媽媽站在枕邊。

「別隨便進來。」

「你打算怎麼辦？」媽媽問。

「跟她說我感冒，不能見客。妳也是這麼跟學校講的吧？叫她回去。」

「可是你不是感冒啊。」

媽媽說道，我懶得跟她爭執，便走向玄關。

一臉擔心的春日站在玄關外。

「幹嘛？」

我用不快的聲音對她說道。

「咦？青木，你不是感冒嗎？」

「嗯。」

我既不否定也不肯定，含糊地點了點頭。

「我帶了寶礦力和果凍來給你。」

「謝謝。」

我接過超商塑膠袋，春日一臉詫異地看著我的臉。

「幹嘛？」

「呃，你好像……」

「Thank you.」

「不，我不是要你用英文重說一次謝謝。你裝病？」

「咳咳、咳咳……可可！」

「沒事吧？你剛才一瞬間說成了可可，對吧？那是飲料耶。」

「……不要雞蛋裡挑骨頭。拜拜，再見。」

說著，我打算關上門，但春日用腳卡住門縫。

「等等。」

春日一臉焦急地看著我。

「我想跟你談談。」

我不顧春日的腳還卡著門，試圖用力把門關上。

「好痛好痛好痛，住手，住手！」

春日發出吵死人的哀號，我怕吵到鄰居，一瞬間放鬆了力道。

「回去。」

「不要。」

「妳很煩耶。」

「因為……痛痛痛痛痛痛痛痛痛痛痛痛痛痛痛痛痛痛痛痛痛痛痛痛痛痛！」

我只好死心地打開門。

?＝

「你不用把那種事放在心上。」

春日坐在我房裡的坐墊上，如此安慰我。

「如果我過的是不用放在心上的人生就好了。」

我漫不經心地抱膝坐在地板上。

「事情傳開了嗎？」

「……沒有啊。」

春日的視線四處飄移。

「有吧？」

「有是有啦……」

「其實我也知道，不去上學……吃虧的是我。」

「你病得很重耶。」

春日用憤怒的聲音說道，凝視著我。

「都變成這樣了還在計算得失。」

「對啊。我就是死性不改，所以妳別再管我了。」

我焦躁地說道。

「算了。你不來學校，我來看你就行了。」

我看著春日。她是說真的嗎？哎，八成是說謊吧。

「別再來了。」

要怎麼做她才肯回去？或許別理她就行。為了明白顯示我是故意不理她，我打起電玩。

「這是什麼遊戲？」

春日興味盎然地問。我沒有回答，而是專注於遊戲畫面，用刀子逐一殺掉路人。

「好血腥喔。」

春日說道，在我的身旁握住手把。

「我也要玩。」

我嘆了口氣，操作畫面，切換為雙打模式。

「讓人想起遊樂場那時候。」

我默默地繼續打電玩，又突然靈光一閃，用刀子刺殺春日——在遊戲裡。

「啊，可以殺隊友啊？」

「嗯。」

糟糕，我不小心跟她對話了。

「沒想到挺好玩的。」

「對吧？」

這是個單純的家機遊戲，可以用各種凶器殺人。

「話說回來，春日，妳幹嘛戴帽兒？」

仔細一看，春日不知幾時把連帽上衣的帽兜戴起來，豎起膝蓋打電玩。

「這樣感覺更沒藥救吧？」

我不懂。

「你也試試看嘛。」

於是，我也如法炮製。的確，感覺上就像是成了真正的廢人。

「真的。」

「再把電燈關掉就更完美。」

我用遙控器關掉了房間的電燈。

「這樣就行了吧？」

春日默默地豎起大拇指。

我們玩了一陣子遊戲，完全忘記時間，不久後開始膩了。我用機關槍殺光學校裡的學生，最後用手榴彈炸掉自己的腦袋自殺，還胡鬧地對著春日咿咿亂叫。

「欸，不要裝瘋賣傻行不行？」

春日打了個大呵欠，伸了伸懶腰。

「殺人也很累耶。」

她說了句活像心理變態的話，在床上躺下來。

「妳快回去啦。」

春日充耳不聞地說：「你過來一下。」

關掉主機的電源以後，房裡變得一片漆黑。

我走向春日，她輕輕拉住我的手，我也跟著往床鋪躺下，形成面對面的姿勢。

我們看著彼此的眼睛。

「我們繼續做上次的事吧。」

「為什麼？」我問。

「事先練習，也許身體和心靈就不會痛苦了。」

「我可不曉得。」

「只要我不是第一次，你就不會反對我和曾山同學上床了吧？」

「……怎麼可能？」

我把視線從春日身上移開，翻身轉向另一側。

「快回去啦。」

春日離開房間時，外頭走廊上的暖色光一瞬間照進房裡，隨即又消失了。

接著，房間恢復為一片漆黑。

6!

後來，春日又來了我家好幾次，我都拜託媽媽把她趕回去。春日一來，我的心就跟著亂。我只想平靜地生活。

無所事事，無為度日。

對於不去上學的我，家人的態度依然溫和如昔。可是，現在這種寬容的溫情對於我而言卻是一種痛苦。

『直人，你的朋友來了。』

媽媽的聲音傳來。

「我不是要妳趕她回去嗎？」我說。

『今天不是春日同學，是成瀨同學。』

「……我去應門。」

比起春日，我更不想見成瀨，但也不忍心避不見面，趕她回去。

成瀨站在玄關大門外。

「你不要緊吧？」

成瀨一臉尷尬，我猜我大概也一樣。

「成瀨，去外面說吧。」

我不想讓成瀨進我的房間。我過得很頹廢，房裡亂七八糟。

我邊走邊瀏覽 Tabelog（註4），尋找好吃的店家，可是又信不過別人的評分，最後去了夜間的家庭餐廳。

「青木。」

入座以後，我想不出要點什麼，成瀨似乎也一樣，因此我們沒有點餐，聊了一會兒。

「對不起。」

「沒什麼。」

我們現在算是什麼關係？我找不到適當的字眼形容。我覺得我們正置身於不可名狀的無數漸

註4：日本的美食評價網站，由網友提供餐飲店資訊與評價。

層之中。

「成瀨，妳為什麼要把筆記本貼在黑板上？」

「不是我。」

不知何故，成瀨露出畏怯的眼神。我凝視著她，不知道她是不是在說謊，不過懷疑她讓我有點心痛。

「我沒有貼。」

「那是誰……」

說到這兒——

「哎，不重要。」

我轉念一想，如此說道，為了改變氣氛按下服務鈴。

「成瀨，妳也是點飲料吧就好吧？」

畢竟現在的氣氛可不適合點和風漢堡牛排五穀飯沙拉套餐。

「嗯。」

「那就兩人份的飲料吧。」

我向店員點餐，並和成瀨一起去拿飲料。

「青木，你什麼時候才會來學校？」

「不知道。」

附近的座位飄來牛排的香味。

我按下飲料機的按鈕裝可樂，裝了一點以後又停下來。我現在真的想喝可樂嗎？這麼一想，我險些笑出來。會特地思考自己現在是不是真的想喝可樂的人，腦袋已經有點毛病了。

我懷著這股莫名的笑意按下柳橙汁按鈕，和可樂混合。柳橙可樂，感覺上好像還算好喝。接著，我又加入爽健美茶和可爾必思，好好的飲料全給我糟蹋了。「欸，別這樣。」我對成瀨的制止充耳不聞，加入全部的飲料。

如此這般，黑色飲料出爐了。

「人不是會有一種毀滅的欲望嗎？」

我說道，成瀨露出一頭霧水的表情。

「我覺得，或許我就是想變成這樣。」

「為什麼要說這種話？」

「我現在鬆一口氣。」

我喝了一口黑色飲料，味道活像這個世上的惡意集結物。

難道你不相信在不純淨之中，也帶有純淨的感情嗎——春日的話語浮現於腦海中。

我一口氣喝完眼前的黑色飲料。

「是我的錯，我是自作自受。」

我們回到座位上，面對面坐下來。

「欸！」

我想到一個想問的問題。為什麼之前都沒問呢？

「成瀨，妳喜歡我哪一點？」

八成是因為害怕吧。

「你……」

說著，成瀨停頓下來，思索了一會兒以後才說道：

「很溫柔。」

我覺得任何人對待喜歡的異性都會很溫柔。

「這好像是常見的『喜歡的理由』。」

成瀨面無表情地看著我。

我在說什麼？

「除了這種無關痛癢的老套理由以外，還有沒有別的？」

我以為成瀨會生氣，但是她依然一本正經。

「突然這麼問，很難回答耶。」

「我不會生氣的，妳直接了當地老實說吧。」

成瀨屈指計算，繼續說道：

「我討厭帥哥，你長得不帥，這或許是個理由。還有，老實說我不喜歡社交能力太好的人。太機靈的人和太白目的人我都不喜歡，而你恰到好處。還有，和太會打扮的人在一起，會覺得自己也要努力打扮才行，我不喜歡這樣子；可是要是太過俗氣也很傷腦筋，像你的服裝就很普通。還有，如果太笨，說起話來很累，太聰明也很累。

不過，全都恰到好處的人其實少之又少。

或許我就是因為這樣才喜歡上你。」

她的意思是，我的分數普通得恰到好處，所以才喜歡我嗎？我幾乎快露出苦笑了。

「不過，如果是這樣，應該可以結束了吧。」

「為什麼？」

「因為我現在已經不是妳喜歡的人。」

這不是什麼複雜的問題。比方說，要是現在的男朋友是無業遊民，姊姊還會跟他結婚嗎？不可能。在學校跌落谷底的我，無限趨近於無業遊民。

「再說，真正的我……妳應該也知道了，是個很惹人厭的傢伙。」

「不然，青木，換你說說看你喜歡我哪些地方吧。」

「全都喜歡啊。」

「這種恭維就免了，我不需要。我要聽的不是這個，直接了當地說出你的真心話吧。我已經把自己的真心話毫無保留地全說出來，接下來輪到你了。」

我左思右想。自己是怎麼喜歡上成瀨的？

「因為妳長得很可愛。」

「這一點我也知道。」

「還有……很溫柔。」

「你自己還不是一樣老套？」

「等等，我會認真想。呃……」

我閉上眼睛，認真思考。「長得好看」、「很可愛」、「美女」、「漂亮」、「總之很可愛」，還有什麼？

「還有別的吧？」

成瀨輕輕踩了我一腳。

「……好像沒有。」

「原來沒有啊！」

成瀨虛脫無力地滑落家庭餐廳的沙發。

「……很可愛、很聰明、很可愛、有氣質、很體貼、很可愛、很溫柔這幾點？」

「可是，這樣就算不是我也沒關係吧？這些全都是可以取代的。如果其他學校有『像成瀨一樣的女孩』，換成她也行吧？」

成瀨的聲音提高八度，似乎生氣了。

「說得更正確一點，喜歡有很多種。你說過你喜歡我，是出於憧憬吧？我的分數很高，所以你喜歡我。這是唯一的要素。」

「我承認。」

「根本是五十步笑百步嘛。」

「或許吧。」

「不過，從前喜歡過我的男人大概都是看上我的臉……我該怎麼辦？」

「不知道。因為妳真的長得很好看啊。」

「我是不是該每天用繃帶包住臉去上學？但要是這麼做，根本沒人會接近我。」

說著，成瀨有些自嘲地露出黯淡的微笑。

「總之，至少今天明白了一件事，就是我們的喜歡並沒有什麼大不了的理由。」

「對不起。」

「不過仔細想想，一個人喜歡上另一個人的理由，真的有那麼冠冕堂皇嗎？」

我不知道，反而開始覺得因為分數喜歡上某人要來得健全多了。

「好吧，我放棄，就當作戀愛就是這樣。」

「可是，我討厭普通。我討厭普通的戀愛，一定要有一個很喜歡我的男生，而我也很喜歡他，彼此兩情相悅、白頭偕老才行。我要的是可以共度各種時光，就算我變成老太婆也還喜歡我的人。你不懂嗎？」

「這任何人都做不到吧。」

「可是，如果做不到，對我而言，戀愛就沒有意義了。我不想做沒有意義或無關緊要的事，我想要永恆和純粹。」

「為什麼？」

「套用你的說法，就是因為人的分數總有一天會下降。年紀越大，分數就變得越低。容貌是很殘酷的，女人的分數會先下降。看著另一半變得越來越醜陋，感情也跟著越變越淡，這是我無法忍受的。」

可是，這也無可奈何啊。

我默默無語，成瀨無力地嘆一口氣。

「到頭來，因為什麼理由喜歡上一個人，才是正確答案呢？」

□

我不想直接回家，漫無目的地走著。不想回家，卻又無處可去。我想要一個可以靜一靜的地方，可是世上沒有這樣的地方，真的。就像國中生寫的詩一樣，我衷心希望能夠融化在夜色裡，消失無蹤。

你是害蟲，是危害這個世界的生物——另一個自己在腦中這麼說。這不是帶有自我憐憫的自我否定，而是嚴峻的事實。我是垃圾，垃圾是我。

看著地面走著走著，我經過了位於附近的小康家。

我突然停下腳步。

他應該在家。

我爬上不知有幾年歷史的破舊公寓木造樓梯，打開門。我早就料到他不會鎖門，果不其然門沒有上鎖。

房裡沒開燈，一片漆黑，也沒有任何家電的光線。一般至少會有待機燈吧。這麼一提，連冰箱的聲音也沒聽見。小康的房間宛若時間暫停了一般。

「怎麼，原來是直人啊？」

黑暗中的小康一臉畏怯地看著我。為何露出那種懦弱又缺乏自信的表情？小康那副無助的模樣，害我跟著忐忑不安起來。

「小康，你在幹嘛？」

「你也要來一管嗎？」

小康在吸一種看似香菸的東西，但那不是香菸。我有一種不祥的預感說：「不用了。」小康卻指著陽台上的植物葉子說：「不必客氣，還有很多。」原來那不是園藝啊……我根本不是在客氣，然而不一會兒，小康駕輕就熟地準備完畢，將可疑物品遞給我。

「喏。」

「房間怎麼烏漆墨黑的？」

「被斷電了。」

「小康，你不要緊吧？」

小康沒有回答，把葉子捲起來、點上火。

我懶得多說什麼，就吸了一口。

我們並肩躺在小康從不收拾的地鋪上，望著天花板。

「我從沒想過你會變成這麼廢的大人。」

一股笑意湧上來，我變得口無遮攔。

「我算是大人嗎？」小康無奈地說道。

「你已經老大不小啦。」

「是啊。」

倦怠的氣氛，身體變得越來越沉重。

「欸，直人，你知道我欠地下錢莊多少錢嗎？」

「不知道，也不想聽。」

「大概兩百萬。」

「挺厲害的嘛。」

小康居然有膽向地下錢莊借錢，這才是最讓我驚訝的一點。

「你可別變得和我一樣啊。」

「雖然你現在很遜……」

小康的被窩傳來他那熟悉的味道，換句話說，臭氣沖天。小康的被窩總不會帶有玫瑰香氣，這代表我尚未喪失現實感——我如此冷靜地暗想。

「但從前我很想變得跟你一樣。」

「我知道。」

「欸，人為什麼會墮落……」

我的意識在這裡中斷了。

＊＊

夜裡的刀子，少年，國中生。

漆黑的夜路上，只有我和他兩個人。

分數是32分。

我對他的臉有印象。

「我最討厭你這種人。」

「我也是。」

我嘆一口氣，不知道該如何與他和解。

「不過，我和你是不能獨自生存的。」

我冷靜地說。這麼普通的道理，為何從前我一直不明白？真是不可思議。我想，理智上是明白的，可是有些事物光是理智上明白還不夠。

大概就是這麼回事吧。

「不要。」

他顫抖著聲音說道，並用在夜裡閃閃發光的刀子指著我。

「我絕對不要變成你這種骯髒的大人。」

「死心吧。」

他朝著我衝過來。

刀子深深地刺進我的肚子裡，身體逐漸染上暗紅色的血液。成年儀式——這個字眼浮現於我的腦海中。

「我需要你。我無法獨自活下去，你也一樣。」

不久，我的身體將刀子和他的手臂吞沒。他的身體被拉入汩汩流出的血液裡，慢慢地融入我的體內，合而為一。

「我不想死。」

最後，我如此說道。

＊＊

早上，小鳥啷啷啾啾地叫著。啊，這就是俗稱的晨啾（註5）啊。我的第一個晨啾，是在廢人的房間裡。

我猛然起身，垂眼望去，小康還在睡，邋遢的睡相一覽無遺。

他的鬍碴很長，光從外表就看得出是個不務正業的人。我還察覺到一件事，就是小康的少年禿越來越嚴重了……

再過幾年，應該會變得很悲慘吧——我一面遙想小康頭髮的世紀末未來，一面整理服裝，站了起來。

「唔，哦，早。」

小康的眼睛突然睜開。

「直人，你是不是想偷偷回去？」

「穿幫了？」

只穿著一條四角褲的小康站起來，穿上不知是故意弄破還是穿破的牛仔褲，送我到屋外。

外頭的陽光很刺眼，或許是因為先前一直待在小康昏暗的房間裡。

「直人。」

小康呼喚我，我回過頭。

潦倒落魄的小康。

這大概是我最後一次和小康見面。

「話說在前頭。」

註5：漫畫、小說、電影裡的一種表現手法，省略性愛場面的描寫，直接轉換為隔天早上的場景。

小康突然變得一本正經，直直凝視著我鄭重地開口：

「你要走你自己的路。」

他的臉上浮現得意洋洋的表情。

「好遜。」

我忍不住笑出來。一想到小康八成是事先準備好這句話，笑意就更加強烈。

「小康，話說在前頭，最後說這種話實在遜斃了。」

我邊笑邊對著小康揮手，走下公寓的樓梯。笑著笑著，我覺得有點想哭。樓梯發出像是快壞了的吱吱聲，我的影子映上白光照耀的柏油路。

第九章

說來不可思議，休養——也就是乖乖待在家中一陣子以後，我的氣力逐漸恢復，重新向醫院定期報到。我也厭倦了足不出戶的生活，開始外出走動。雖然還是沒去上學，但至少會在住家附近閒晃。

我看不見分數，也不再看到那些亂碼，完全變回普通人。

這麼普通行嗎？

雖然變回普通人，但問題仍未解決，依然是一籮筐。我不想逃避。

其實我大可以逃之夭夭。如果事情只牽涉到我一個人，這麼做也無妨。

不過，我不願意這麼做。

所以我決定去學校。

家人看到我默默地準備上學，都嚇了一跳。

「不用勉強自己。」

媽媽對著在洗手間洗臉的我說道。抬起頭來一看，她滿臉都是擔心之色。

「謝謝。」

聽我這麼回答，媽媽露出意外的表情。

「幹嘛？」

「不，只是在想你怎麼這麼乖巧。」

「有嗎？」

「平時的你比較叛逆啊。」

還不是妳造成的——這句話被我吞了回去。

整理好儀容以後，我就去上學了。

「等等。」

在我走進教室時，有人叫住我。

回頭一看，是成瀨。

「早。」

我笑咪咪地說道，成瀨沒有回答，過一會兒才說「你這樣好噁心」。

「青木，我覺得你別來學校比較好，至少再等一陣子。」

經成瀨這麼一說，我心中瞬間萌生一股怯意。

「這麼嚴重嗎？」

「大家都很生氣。」

嗯，我想也是。如果只是打分數或許不至於如此，糟糕的是，我還附上分數細目及簡短評語。醜女、醜男、性格醜女、笨蛋、白目、口臭、沒朋友等等，我幾乎在筆記本上寫了全班的壞話，這樣子當然會被排擠。

「曾山一直在搧風點火，說你從以前就很惹人厭，應該好好教訓你。所以……」

「沒關係，我不在乎。」

「我在乎。」

「我看了會難過。」

成瀨一臉愧疚地說道：

「別放在心上。」

「對不起，我可以老實說嗎？」

我點了點頭。

「我不想看到或許無法站出來幫你的自己，所以不希望你來上學。」

「這就沒辦法了。」

我對成瀨說道，走進教室。

大家一齊回過頭來看著我。

「啊……對不起。」

他們撇開視線，視而不見。這是理所當然的反應，我早就料到了，並不驚訝。

我的桌子上放了個花瓶，而且插上花。我收拾花瓶坐了下來。

我一如平時地上完上午的課。

要怎麼做才能恢復原狀？

不過再怎麼想，無論我做什麼，都不可能發生戲劇性的變化，讓班上同學立刻接受我。比方說，即使我對著全班同學發表談話，也不會改變什麼。

反而會引起反感。

到頭來，我能做的只有誠懇待人。

我不知道這麼做有沒有幫助。

我想，就算我這麼做，大多數人應該還是會繼續討厭我吧。

不過，至少這麼做比較實際。

不是用演的，盡可能當個好人吧。

然而午休時間後過，到了第五節的班會課，老師突然把我叫到講台上。

「啊，大家也知道，青木今天來上學了。青木不在的時候，大家討論了很多。雖然老師不知道詳情，但你們應該是有什麼情感上的誤會吧？老師認為青木也有不對的地方，不過人都是會犯錯的，老師年輕的時候更誇張，根本不是現在能比。老師希望大家能夠互相諒解，讓班上恢復原來的樣子。好了，青木，你有沒有什麼話想對大家說？」

哇，真的假的？饒了我吧——我內心如此暗想。仔細一看，全班同學都頂著空虛的表情凝視著我，好恐怖。不過，這時候我又不能說自己無話可說。

然而，要是我說些不著邊際的話敷衍了事，就和從前沒什麼兩樣。即使沒有人認真聆聽也不要緊，至少我該坦誠相待。

「呃，我……」

大家的表情都很僵硬，活像死人的心電圖，沒有絲毫變化。

「我的筆記本內容很差勁吧？我自己也覺得很差勁。不過那是我從前的人生觀。從前的我大概沒有把自己以外的人當人看，才會那樣滿不在乎地評論別人。對不起。

不過，現在我知道每個人都有自己的人生，都煩惱過、受傷過，都有不願改變或期望改變的內心層面。

這是理所當然的道理，可是從前的我不明白。

我並不認為大家會立刻接納我，我知道這是不可能的。不過，我現在真的覺得那樣看待別人是一件很差勁的事。

所以，對於看了那本筆記本而受到傷害的人，我感到很抱歉。」

說完，整個教室鴉雀無聲，大家連眼睛也沒眨一下。

「大家聽了青木的話以後，有什麼想法？」

沒有人說話。

「那老師就用點的。喂，水村，你有什麼想法？」

「看到那本筆記本的時候，我確實受到傷害。不過，青木同學也自我反省過了。就像老師說的一樣，我也認為天底下沒有不會犯錯的人，希望青木同學反省過後，大家能夠好好相處。」

「嗯。其他人呢？吉井。」

「是。我聽了青木同學說的話，覺得很感動。坦承自己的錯誤是件很困難的事，我會接受青木同學的道歉。」

事，希望他以後不要再犯同樣的錯誤。」

「下一個，江中。」

「青木同學承認自己的錯誤、認真道歉，我覺得這樣很好。青木同學確實做了不可原諒的事，希望他以後不要再犯同樣的錯誤。」

「下一個，浮木。」

「對不起，我的感想和前面的人一樣。我也這麼覺得。」

「下一個，權藤。」

「我也和江中同學差不多。」

「下一個，成瀨。」

「我……」

成瀨顯然很困擾。

「我想知道青木同學為什麼會變成那樣。」

之後，成瀨沒有再多說什麼。

「好，感想都說得差不多了，就到這裡為止吧。大家可以和青木和好如初嗎？」

班導問道，大家異口同聲地回答：「可以。」

「那我會告訴青木的爸媽，說青木和全班同學應該可以好好相處。最後，大家替鼓起勇氣道歉的青木拍拍手吧。」

零星的掌聲在教室中響起，我覺得很痛苦。

大家還是和剛才一樣，沒有半個人正眼瞧我。不過，我感覺得出暫時平息的敵意和惡意，因為現在的掌聲倏地高漲。

無可奈何。既然來學校，難免會遇上這種事，我只能一一承受。

班上只有一個人一臉憂鬱地看著我，就是春日。

到了下課時間，我走出教室，前往消費合作社，春日跟了過來。

「剛才那是怎麼回事？我完全跟不上。」

「哎，人類社會無奇不有。要是這樣就受到打擊，現在的我才不敢來上學。而且老實說，我覺得這樣也好。」

春日依然一副無法釋懷的樣子。

「對了，青木，你要去哪裡？」她詢問。

「消費合作社，我要去買鉛筆，應該勉強趕得上第六節課。」

「咦？你是鉛筆派的嗎？」

「不是。我的自動鉛筆不見了。」

「該不會……」

「大概是我弄丟的吧。以後應該會常常弄丟，所以暫時用便宜的鉛筆就好。」

回到教室以後，我發現自己的書包被扔到垃圾桶，裡頭的東西還被一件一件地拿出來塞進垃圾桶裡，和廚餘混在一起。

這也是當然的。我嘆了口氣，開始翻垃圾桶。

之後，我每天都是忍氣吞聲地過著校園生活。

我發現春日有時候會偷偷擦掉我桌上的塗鴉，或是把我被扔掉的東西撿回來，放回原位。對於她所做的一切，我什麼話也說不出口。

至於成瀨，偶爾和她對上視線的時候，她總是一臉尷尬。每當看見她這副模樣，我都會產生一種近似歉意的微妙情感。

在我重新展開校園生活之際，姊姊終於決定要結婚了，聽說過一陣子會正式去拜會對方的父母。

「姊，借我十萬。」

晚上一起看電視時，我開口說道。

「啊？找死啊？」

姊姊輕聲罵道。

「抱歉，開玩笑的。」

「什麼跟什麼？把錢給誰可以改變什麼嗎？」

「什麼也不會改變。」

「真夠煩的。」

電視上的搞笑藝人把普通人叫成外行人，一面調侃對方一面搞笑。

春日〉你現在在哪裡？

仔細一看，春日在不久前傳了ＬＩＮＥ給我，我不禁擔心起來。

春日〉青木，你有空嗎？

我〉我在看電視。

雖然標示為已讀，卻沒有回應。在我想埋怨幾句時……

春日〉知道了。

她回訊了。

「姊，我要和朋友出去玩。」

我說道，姊姊睜大眼睛，用看著可怕怪物般的眼神看著我。

「你的表情怎麼像是要去赴死？」

「我只是想睡而已。」

走出家門，我傳LINE詢問春日人在哪裡。

春日〉麥當勞的二樓。

春日說她坐在二樓窗邊，我隨即發現她的背影。熟悉的服裝，春日穿的是我們一起去買的衣服。

我走上前去，還沒打招呼，春日便先埋怨我一句：「怎麼這麼慢？」我這才發現由於是晚上，玻璃窗反射了我的身影。

「我不想回家，青木，你可不可以陪我到早上？」

什麼跟什麼？妳是沒趕上末班車的女生嗎？我正要吐嘈，看見回過頭來的春日那張慘不忍睹的臉，不禁發出小小的怪叫聲。

「嗚哇！」

「咦？有這麼慘嗎？」

春日的臉上被人用黑色奇異筆胡亂塗鴉，八成是油性筆。眼睛周圍塗上黑眼圈，嘴巴畫上鬍子，像是教科書上的偉人圖片。

「誰畫的？」

「曾山同學。」

一股怒火冒上來。

「好像是我不好，犯了什麼錯，讓曾山同學不高興。他說是懲罰。」

「真的是妳不好嗎？」

「……我不知道。」

撩起瀏海仔細一看，額頭上寫著「我是笨蛋」。

「好，我去宰了他。」

我想去曾山家興師問罪，春日抓住我的手臂。

「算了啦。」

「可是……」

「這樣又不能解決什麼。」

春日無奈地說道，我也覺得她說得有理。

「我媽看到我的臉會擔心，這才是問題……所以我不能回家。該怎麼辦？」

春日問道，我也束手無策。

我們前往漫畫咖啡廳。

「呃，不好意思，請出示可以確認年齡的證件……」

聞言，我和春日面面相覷。

「啊，我有。」

說著，春日從書包裡拿出高中的學生手冊，店員說道：「抱歉，本店謝絕未成年的客人……」這個笨蛋。

「這個社會真難混，要未成年人去哪裡？」

春日忿忿不平，開始嘀嘀咕咕地咒罵青少年健全育成條例。我們無處可去，只好在鬧區附近的河堤邊散步。

天色很暗，霓虹燈光越來越遠，我們看不見彼此的臉。

「抱歉，青木。」

「別道歉。」

因為那張臉是我造成的。

兩人一起散步，周圍完全沒有其他人的氣息，安靜又黑暗。

「我沒做錯事吧？」

隔著背部傳來的春日聲音有點沙啞。

我不知道該說什麼。

兩人默默無語，只有春日吸鼻涕的聲音微微地在河堤迴響。這是種讓人情緒低落的背景音樂。

漸漸地，我越來越焦躁，回過了頭。

「欸！」

春日一臉錯愕地停下腳步，對我應了聲「是」。

「春日，妳已經很可愛了。」

為什麼一定要我明白說出這種我根本不想說的話，她才會懂？

「你又說這種違心之論。」

「這是真心話。」

「可是……」

我凝視著春日。

「妳已經變可愛了，有自信一點。」

春日起先像是抗議似地板起臉孔瞪著我，不久後，表情便舒緩下來，變得柔和許多。

「是嗎？」

不過，看到春日臉上用奇異筆畫出的鬍子，我還是覺得她有點蠢就是了。

「欸，春日。」

我下定決心。既然已經決定，就要付諸行動。

「我要休學。」

「休學以後要做什麼？」

春日的雙眼閃爍著擔憂之色。

「總之，我已經決定休學，所以妳不用擔心了。」

「我怎麼可能不擔心？」

「別說了，我已經決定了。」

我想重新來過。

再這麼下去，我不認為自己能夠照常上學。

一決定要休學，我的心情倏地變得輕鬆許多。

同時，也察覺自己還有尚未完成的事。

「所以妳不必再操任何的心了。」

結果，我們一直等到夜深人靜、家人都熟睡以後才在春日家門前解散。

拖著疲倦的身體回到家以後，我發現桌上擺著十萬圓。

我本來想跟姊姊說說話，可是來到她的房門前時，她好像已經睡了，所以最後我什麼也沒說。

在教室裡不方便找成瀨說話，所以我依然只用ＬＩＮＥ和她交談。
早上起床，手機裡躺著她傳來的訊息。
智慧型手機畫面的光芒，比晨光更早映入我惺忪的眼裡。
成瀨〉我好煩惱，睡不著。
凌晨兩點，成瀨傳來這則訊息時，我早就呼呼大睡了。
我〉我發現自己是個很差勁的人。
訊息立刻顯示為已讀。
成瀨〉那又怎麼樣？
我〉仔細想想，我完全不了解妳。
我〉雖然說了那麼多話卻完全不了解。
成瀨〉我也不了解你啊。
我〉妳喜歡曾山的哪一點？
成瀨〉我想
成瀨〉大概
成瀨〉用你的說法，就是分數很高這一點吧？

我〉這樣太複雜了吧？妳說過妳就是喜歡我的分數普普通通。

成瀨〉會嗎？很單純啊。

我很想繼續跟成瀨傳ＬＩＮＥ。

我〉待會兒再繼續聊吧。

不過，我下了床。

離開家門時，媽媽對我說：「不用勉強自己。」而我並未答話。

成瀨〉早上都起不來，好想睡。

我〉我或許會休學。

成瀨〉真的？

我直接去了學校。

來到教室，我做了個深呼吸以後，才走進裡頭。

一進教室，班上的人都面無表情地看著我，眼神活像看到蟲子。

我坐到自己的座位上。有位子可坐，已經很好了。

上完上午的課，到了午休時間，我去找曾山說話。要向在教室最後方和狐群狗黨鬼混的他攀談，需要相當的勇氣。

「你可以出來一下嗎？」

「不可以。」

曾山賊笑著看我。

「幹嘛？」

說歸說，曾山還是跟著我來了。

我想在不會被人看見的地方說話。

兩人離開校舍，走向校外，來到學校附近的公園。

「有什麼事？」

「欸。」

要是聲音發抖就太遜了，所以我用力壓低聲音。

「別再對春日做那種過分的事了。」

「你憑什麼命令我？」

曾山笑著滑手機。

公園裡，樹木晃動的沙沙聲傳入耳中。

「要我下跪求你嗎？」

「少說這種無聊話。你這種膝蓋本來就軟的人下跪，有什麼好看的？」

「不然……」

「有沒有什麼有意思的事？」

曾山環顧周圍。

「就那個吧。」

他指著公園角落的池塘。

「只要你濕答答地上完下午的課就行。」

我愣在原地，曾山露出了賊笑。

「好，快跳吧。」

他還拍手打著節拍催促我。

真令人厭煩。

我跳進了池塘裡，水花四濺，噴到曾山的褲子上。

「哇，好髒。」

我單腳跪在池底，從下方抬頭瞪著曾山。

「曾山，你說話要算話。」

「我再考慮考慮。」

曾山擱下我，先行回去教室。

第五節課，教室裡充斥著竊竊私語：「搞什麼啊？」水滴從我的襯衫上不斷滴落。

「青木，你是怎麼搞的？」

社會科老師見我這副模樣，困惑地說道。

「午休時間，我跳進池塘游泳了。」

「……去保健室換衣服。」

「不要。」

老師站在我的座位前，用打從心底不耐煩的眼神看著我。

「你別鬧了。」

「我沒有鬧。」

「少廢話，快離開教室。」

「不要。」

他抓住我的腋下，想硬拉我起身，我抓住桌子抵抗。

老師為了拉我起來，弄得自己滿臉通紅。但他原本就不是那種充滿熱忱的類型，沒多久之後就放棄了。

「隨便你，我不管了。不過，青木，你今天的課都算曠課。像你這樣的人沒有人權，當作不存在的人就行了。」

不過，我根本不在乎會不會被記曠課，回答：「好。」

放學後，曾山把我叫到校舍後方。

校舍後方面向操場，可以聽見有人正在準備社團活動的聲音，不時有視線投射過來。

「這樣就行了吧？」

我說道，曾山笑了。

「你居然真的做了，超好笑的。」

身上的襯衫濕答答，令人煩躁，因此我索性脫下來擰乾。水流到了地面上。

「我把春日叫來這裡了，還有成瀨。」

春日從校舍走廊走出來，臉色黯淡。不過，我沒看見成瀨。

「就讓本人決定吧。欸，春日，妳看，很窩囊吧？」

曾山揚起嘴角，轉向春日。

「青木同學要我們別再見面了，妳同意嗎？」

春日並沒有回答曾山的問題，而是問他：

「……今天青木全身濕答答的，是曾山同學造成的嗎？」

「對啊。」

「為什麼？」

「經妳這麼一說，為什麼？」

曾山裝模作樣地摸著下巴，面露思索之色。

「應該沒有特別的意義吧。」

曾山露出了正確答案浮現時那種豁然開朗的表情說道：

「就算這所學校裡沒有我，也會有其他人這麼做，所以我沒有錯。」

或許這是真的，曾山沒有說錯。

「我只是覺得青木很討厭而已。大家都這麼想，我是替全班抒發心聲，所以我沒有錯。事實上，沒有任何人抱怨，對吧？起頭的也許是我，不過反正早晚會變成這樣。因為這是大家的默契。

要說誰該負最大的責任，我覺得是青木自己。

這世界是有秩序的，就是言行舉止不能逾越自己的分際。不知道哪根筋不對勁，說了不該說的話、做了不該做的事的人，即使受到懲罰也怨不得人。比如跟我說話沒大沒小，或是想和心愛交往之類的，都是青木這種層級的人不能做的事。」

不久，曾山又恢復為百般無聊的表情，自顧自地說道：

「社團活動快開始了，我該走了。啊，對了、對了，那本筆記本，那是我幹的。」

曾山若無其事地說道。

「不，呃……為什麼？」

「還問為什麼？就是這一點惹人厭。」

曾山面露笑容，輕蔑地看著我，並確認似地說道：「話說完了吧？」

「不，等等。」

曾山打算離去，我抓住他的手臂，而他甩開了我，用腳把我踢倒，並從上方踹了我幾腳。不知是不是痛覺麻痺了，雖然他踹得很用力，我卻不覺得痛。

「你現在就是這種角色。」

這時候，春日突然用力打開旁邊的水龍頭，我和曾山都驚訝地將視線移向她。春日將水注入手邊的水桶，水幾乎快滿出來了。

接著，春日拿著水桶看著我們，急促地吸氣、吐氣，把裝滿水的水桶高舉到頭頂上——朝著自己倒下來。

春日淋成落湯雞，杵在原地。

「……妳在搞什麼？這是什麼意思？」

曾山苦笑著對春日問道。

「走吧，青木。」

春日抓住我的手，硬生生地拉我起身。

「你們這些可悲的弱者就繼續這樣互相取暖吧。」

「可悲的是你，曾山。」

成瀨的聲音傳來。

她倚在曾山後方的校舍柱子上看著我們，不知道是從什麼時候開始旁觀的。

曾山回過頭，瞪著成瀨。

「妳敢這樣跟我說話？後果自己負責啊，或許我會用校內廣播播放那個。」

曾山說道，成瀨沉默下來。

「成瀨，妳用那個水桶潑青木水，這樣我就當作沒聽到剛才的話。聽清楚了吧，快動手。」

說來不可思議，成瀨宛若中了催眠術一般動了。她打開水龍頭，開始在水桶裡裝水。四周只有水注入水桶的聲音。

接著，成瀨舉起裝滿水的水桶，來到我的面前。

「沒關係，成瀨。」

我完全接受。

「潑吧。」

成瀨的臉扭曲了。

她潑出了水桶裡的水。

——對著曾山。

渾身濕透的曾山用恫嚇的口吻對成瀨說道：

「妳知道妳在幹什麼嗎？」

「知道啊。」

「到時候吃虧的是妳自己。」

「我剛才突然想到，人生沒有簡單到只靠計算得失就能活下去的地步。」

成瀨牽起我的手。

「走吧。」

春日也拉著我的手臂，拔腿就跑。

出了校門以後，春日依然繼續奔跑，活像要將什麼東西拋諸腦後。

「喂，春日。」我跑累了，對春日說道：「別跑了。」

春日的腳宛若放開油門的車子一樣逐漸失去熱度，不久後停了下來。我和成瀨也跟著停下腳步，三個人就這麼迎著陽光站在步道邊說話。

「其實我……」春日一臉懊悔地說：「本來想把水潑到曾山同學身上，可是我做不到。」

如果我是春日，我做得到嗎？我暗自想像。

「不過，我覺得舒暢多了。」

成瀨說道，春日似乎想起當時的情景，嗤嗤地笑了起來。

「明天到學校以後要怎麼辦？」

春日哈哈笑了幾聲以後，又突然沉下臉，抱住腦袋。

「對了，成瀨同學，有件事我很好奇。」

春日問道。比起自己的命運，她似乎更在乎這件事。

「剛才曾山同學……曾山說的是什麼？他用什麼威脅妳嗎？」

「啊……妳想知道？」

「如果妳不願意說的話也沒關係。」

「我不願意說，但是我想說，所以我要說。」

成瀨用雙手摀住臉龐。

「我還是不想說。」

她蹲下來嘆了口氣。

我也蹲下來，拿開成瀨的手。

「跟我說。」

「青木聽了會討厭我。」

「不會的。」

「我也說過不會，卻變得討厭你。」

「妳現在還是討厭我嗎？」

「現在不討厭了。」

「既然這樣……」

「他拍了影片。」

「……………………………………………………………」

「影片。」

「就是……」

「嗯，就是那個。」

「換句話說……」

「他威脅我要傳到網路上。他就是這樣搶走你的筆記本。」

我開始思索。必須想個辦法才行。不過，只要走錯一步，最後等著我的很可能是地獄。

「怎麼辦？對不起。」

成瀨沒有錯。

「對不起，我不是你理想中的那種女生。」

我繼續思索。

「他說要上傳到 xvideos。」

我頓時抓狂了。

第十章

我用顫抖的聲音說道：「我會想辦法。」

「青木，你不必插手。」

被這樣勸阻，讓我覺得自己很可悲。

我想了一會兒拿出手機，撥打曾山的電話號碼。

「曾山，抱歉。」

『現在說這個幹嘛？』

「我想跟你道歉。」

聽我這麼說，春日和成瀨都一臉驚訝。

『我感覺不到誠意耶。』

「等一下。」

我和成瀨、春日拉開距離，走進小巷子裡，繼續和曾山講電話。

「我有十萬圓。」

『所以呢？你要給我？』

「我今天可以拿錢去你家給你嗎？」

『我現在人在外面，你直接來找我比較快。』

「那我該去哪裡？最好是不會被別人看見的地方。要是有其他人在場，不太方便。」

『好吧，那你到公園來。』

「好。」

我掛斷電話，先回家裡一趟。

並在廚房裡找尋菜刀。幸好家人不在家。

我從冰箱裡拿出白蘿蔔試刀，唰一聲攔腰切斷。原來還挺需要力氣的。

為了方便隨時取出，我把菜刀放進小腰包裡，離開家門。

抵達公園時，曾山已經到了，劈頭就問：「反省過了嗎？」

「我帶十萬圓來了。」

我從口袋裡拿出信封給他看。

「該不會只有最上面一張是一萬圓，其他都是白紙吧？」

「我不會做這種事。」我翻給他看。「曾山，你真的是自己來的？」

「要是帶朋友來，之後還要請客，太麻煩了。」

曾山滿不在乎地說明。

「我有一個條件。」

我說道，曾山噗嗤一聲笑了出來。

「你要跟我談判？笑死人了。」

「刪掉成瀨的影片。」

「啊，她跟你說了啊？」

曾山邊笑邊拿出智慧型手機，動了動手指，似乎在尋找檔案。

「話說在前頭，這不是嫉妒或餘情未了。我只是覺得你喜歡成瀨很噁心，看不下去而已。」

「我知道。」

「我很討厭那種不知道自己幾斤幾兩重的人。你是因為沒有自知之明才被整的，我們只是太過認真而已。話說在前頭，大家都是腳踏實地活著，比你認真多了。」

接著……

「啊，刪除影片之前，你也想看一下吧？」

曾山說道。

「我沒興趣。」

不可思議的是，我的腦子變得越來越冷靜。

我從以前就希望這種鬧劇和自己的人生都能快點結束。

現在正是個好機會。

「好吧，那我刪給你看。」

曾山對我出示手機畫面，並按下刪除鍵。

「這樣就行了吧？」

「行了。」

我把裝著十萬圓的信封遞給他。

曾山像銀行行員一樣，把鈔票弄成扇形，一張張清點後說：「數目沒錯。」接著收進口袋裡。

「不過啊……」他一臉愉悅地說：「我家的電腦裡還有備份影片就是了。」

還不能行動——我這麼告訴自己。

完美的時機馬上就會到來。

之前與曾山去遊樂中心的情景閃過腦海。如同他放開遊戲機搖桿時，我在等待他鬆懈的那一瞬間。

「辛苦啦。」

曾山一轉過身，我就迅速用菜刀抵住他的背。

並在刀尖前端使上力。

「曾山，去你家吧。」

這應該是曾山頭一次略顯慌張。

「這可不是鬧著玩的。」

這句話聽在我的耳裡，彷彿在說我已經不能回頭了。

那也無妨。

再見，人生。

不過，曾山依然從容不迫，反而是我心裡侷促不安。

「青木，之後我會把你打個半死。」

我邊走邊傳ＬＩＮＥ給春日：『到曾山家來。』

「話說回來，青木，你真的敢刺下去？」

我不知道，不過，要是曾山死了，應該就不用擔心影片外流吧。

我用外套隱藏菜刀，和曾山一起走向他家。

進屋以後，我們上了樓，走進曾山的房間。

曾山的父母今天同樣不在家。

「這就是全部了嗎？」

曾山拿出筆記型電腦和外接式硬碟，但我覺得不只這些。

「應該還有吧？」

我用刀尖指著曾山，環顧房間。曾山死了心，從抽屜裡拿出ＤＶＤ。

「已經沒有了。」

「找個便宜的包包把這些東西全裝進去。」

曾山咂了下舌頭，把電腦等物品塞進一個布製托特包裡。

「給我。」

到底在做什麼？我如此暗想。

我接過包包又說：

「十萬圓也還我。」

曾山死了心，把信封遞給我。

「青木，之後我會把這件事告訴別人。」

「沒關係。」

「事實是你從我家偷走筆電，還用菜刀威脅我，就這樣。」

「我不是說了沒關係嗎？」

曾山家的門鈴響了。

「或許是我爸媽回來了。」

曾山賊笑道，我覺得他在撒謊。

八成是春日。

我沒有做出任何反應，等待片刻。

心臟撲通亂跳，真希望心臟能夠鎮定一點。

上樓的腳步聲逐漸接近我們所在的房間。如果是曾山的父母，遊戲就結束了。

「你在幹嘛？青木。」

隨即到來的果然是春日。她換掉濕掉的衣服，不知是不是沒有其他衣服可穿，穿的是成套運動服。她面無表情地嘆一口氣。

「把這個拿回去。」

我把包包遞給春日，她露出困惑的表情。

「什麼跟什麼？」

春日似乎生氣了。

「青木，你放棄人生了嗎？」

她說道。

「我早就想放棄了。」

我老實地點頭。

下一瞬間，菜刀離了我的手。

是曾山。

從我的手上搶走菜刀的曾山用刀柄毆打我。

意識瞬間變得一片空白，下一擊的衝擊又讓視野恢復原狀。

我的耳朵產生耳鳴。

春日不知在嚷嚷什麼，我聽不見。

曾山不斷地拳打腳踢，而我也回手，雙方扭打成一團。

接著，曾山把刀插在我的腦袋旁邊。

「像你這種沒用的垃圾最好去死。」他說。

我看見曾山背後的春日，正在揮動房間角落的電吉他，全力打向曾山的腦門。

曾山翻了白眼，摔到一旁。

我搶過菜刀看著曾山。

曾山摀著頭蹲在地上，這是大好機會。

終於跑到終點了。

我揮落菜刀。

而春日空手抓住刺向曾山的菜刀。

春日流血了。

「不行。」

聽見她這句話，我整個人虛脫了。

之後，我把成瀨叫到深夜的公園裡，連同春日三個人一起舉辦二〇一八破壞曾山電腦節。我們用曾山的電吉他輪番打擊電腦，把電腦給砸壞。

「好像打西瓜一樣，好好玩。」成瀨笑道。

「我們的運氣很好。」

春日突然用黯淡的聲音喃喃說道，我也這麼覺得。

如果時機再錯開一些，比如走路的步伐稍有不同的話，這個故事的結局或許就不一樣了。只要走錯一步，我現在大概被裹在草蓆裡丟進河底，再不然就是成為殺人犯少年A。能有現在，算我走運。

「到頭來，分數到底是什麼？」春日問道。

這是個困難的問題。

不過，分數是人們認同的價值。這種「多數人認同其價值的優點」，其實是可以取代的。分解一個人具備的要素，細數加分與扣分項目，會把人變成可以取代的存在。這樣看待人，人就成了物品。

其實沒有這麼單純。

而是很複雜的。

比方說，一個人的心裡往往存在著某些只有他自己覺得有價值的事物。特別重視某人，或是成為某人特別重視的人，大概就屬於這類事物吧。

「如果這個世界要替我們打分數，我不會隨之起舞，真的。」

我對著電腦揮落電吉他。

「我相信分數以外的事物。」

「對不起，我笑出來了。」

聽了我的一番話，春日面露苦笑。

「青木說的其實都是一些再尋常不過的道理嘛。」

「……或許吧。」

「你必須受這麼多傷才能明白這麼簡單的道理啊？」

經她這麼一說，我也覺得有點可笑。

「不過，我不會再迷失方向了。」

「這樣一來，過去的煩惱也算是有意義。」

春日從我的手上接過電吉他，思索該說什麼台詞。

「再見，xvideos。」

不久後，她如此大叫，將電腦砸個稀巴爛。

最後只剩下十萬圓。

隔天，我在我家附近尋找花店，走進一家即將打烊的店。

「我要玫瑰花束。」

店員問我要幾朵，我回答越多越好。

幾天後，花送到了家裡。看見配送到家的花束，敏銳的姊姊立刻察覺了。

「根本是羊毛出在羊身上嘛，別鬧了。」

她賞了我的腦袋一拳笑道：「謝謝。」

最後，我並沒有休學。

沒有發生任何戲劇性的變化，我還是一樣被霸凌，只能應付過去，無法改變什麼。

一年就這麼過去了。

從一年級升上二年級重新分班以後，狀況似乎好轉一些。雖然只是我的錯覺。

我和成瀨分到不同的班級，但跟春日同班。曾山也分到其他班級。

之後，我們三個人常常一起出遊，做些無關緊要的事，感覺很自在。我們輪流去彼此的家，就在她們來我家玩的時候——

我突然想道，如果能夠維持這種狀態就好了。

如果我們三人能夠永遠保持這種難以向他人說明的情誼就好了。

「現在的我們真是莫名其妙。」

像是把雨傘上的水滴甩進積水裡一樣，成瀨一字一字地說道。

「雖然莫名其妙卻很開心，實在是難能可貴的奇蹟。」

那一天有遠足，爬的是很陡的山，就算是我這個男人也爬得氣喘如牛。

春日漸漸脫隊了。

「等一下，我去看看。」

我對身旁的同學說道，朝著原路折返。

大約走了一百公尺左右，我聽見班上同學說：「我們先走了。」

當時正好逆光，我看不清楚說這句話的人是誰。

「前面是岔路，往右走之後直走，很快就到了。」那人說道。

「謝謝。」

「欸！」

「唔？什麼事？」

我迷迷糊糊地回答。

「過去的事，你要負最大的責任。」

直到最後，我還是不知道說這些話的是誰，只看得見黑影。

接著，我去找春日，查看她的情況。

「我磨破皮了。」

仔細一看，她的膝蓋流血了。她從背包裡拿出自己帶來的ＯＫ繃，貼在膝蓋上。

回頭望去，班上那群人已經不見人影。

我們繼續登山，不久後，看見剛才同學所說的岔路。

「好像要走右邊。」

「真的嗎？」

我們朝著荒僻的小路筆直前進，可是走了許久都沒有追上班上同學。

走了約一小時，我終於發現不對勁。

從剛才開始，連個錯身而過的路人也沒有。除了我們以外，這條路上空無一人。

「我們是不是迷路了？」

「……我也覺得。」

我停下腳步，查閱遠足手冊上的地圖，但是完全看不出自己在哪裡。

「要折返原路嗎？」

「好累。」

春日跌坐在旁邊的大石頭上。

「不如看手機的地圖吧？」

「收不到訊號。」

「肚子好餓。」

我們兩人一起吃飯糰，小憩片刻。

「你會不會被騙了？」

「說不定。」

冷靜想想，我也有這種感覺。

「我們遇難了。」

「太誇張了。」

「還是折返回去比較保險……你知道我們是走哪條路來的嗎？」

「妳呢？」

「我是路痴。啊，該不會……」

「不不不，應該沒問題。」

我們試著折返原路，沒想到岔路很多，令人暈頭轉向。

「走哪邊？」

春日在岔路口問道。

「這邊。」

我指著右邊，春日則是指著反方向。

這樣的情形一再上演，我們終於察覺自己迷路了。

「好像不太妙耶。」

「嗯。」

時間從傍晚變成晚上。

春日死心地停下腳步，用冷靜的口吻說道：

「我們最好別再四處亂走。」

「妳是說……」

到目前為止，我都只當成是和大家走散而已，現在才發現事態越來越嚴重，危機感一口氣湧上來。

「露宿野外？」

「在那之前，應該會有人找到我們吧。」

春日一決定，就像是豁出去似地，倚著樹幹開始休息。

我也蹲在地上，喃喃說了句「真拿妳沒辦法」。

到了晚上，依然沒有其他人來找我們的跡象。

沒有霓虹燈和街燈的山裡烏漆墨黑的，杳無人跡，靜謐無聲。

我和春日兩人拿背包當枕頭，躺了下來。

「春日，妳是怎麼喜歡上曾山的？」

雖然這個問題似乎已經過時，我還是姑且一問。

「每個女生一開始都會喜歡上曾山，就像男生都會喜歡上成瀨同學一樣。」

經她這麼一說，我確實也一樣，頓時恍然大悟。

「不過，我漸漸覺得喜歡上一個人的優點是一件很空虛的事。」

「從前，我姊跟我說過……」

我一面回想當時的對話，一面說道：

「她小時候喜歡的是跑得快的男生。」

小康常常炫耀他在學生時代向來是大隊接力的最後一棒。

「後來漸漸變成喜歡很會打架的男人、喜歡腦筋好的人、喜歡朋友多的人，現在則是喜歡年薪高的男人。不曉得以後會變成怎麼樣。」

「可是，就算跑得快的男生受傷，一輩子都不能再跑步了，還是會繼續喜歡他，這才是傷腦筋的地方。」

春日和我都只是漫無目標地閒聊而已，不知道這段對話會如何作結。

「我覺得喜歡上一個人之前和之後的喜歡心情是會變的。」

春日凝視著自己的掌心，並將手掌伸向我。

「就像這樣。」

白皙的手宛若祈禱般靠過來，渲染了我的視野。

「喜歡上對方以後，伸出手來。」

我也無意識地伸出手。

「兩個人握住了手。」

我們的手疊合在一起，手指與手指交握。

「起先也許很舒服，可是一直握著，就會越來越難過。」

春日縮回手，而我則是伸長了手，每當手指交纏，便互相把玩，張開五指對齊，即使她捏我，我也不放開。兩隻手時而和緩、時而強烈地拉扯推擠，但始終牢牢地牽著。

「如果不配合彼此的呼吸互相改變，就不能永遠握著手。」

不久後，手停下動作，手指靜靜地撫摸指甲。

「即使從空中墜落或掉進海裡，也相信彼此絕對不會放手。我認為這就是真正的喜歡。」

我不發一語。

「多多煩惱吧。」

說著，春日露出微笑。

「我能明白成瀨同學為什麼喜歡上你。我想，這種青澀就是你的本質。」

春日宛若擁抱一般，用全部的手指握住我的手說道：

「我喜歡你這樣煩惱。如果你只是個狡猾的人，我應該不會對你這麼感興趣。我喜歡時常煩惱、努力掙扎地尋找答案的你。或許果斷明快的人看起來比較帥，不過我還是喜歡你。」

我只要實話實說就夠了。

「我覺得妳拯救了我。」

長久以來，就算和別人在一起，我也一直很孤獨、很無助。

「妳現在依然在拯救我。」

我漸漸地找回睽違已久的感覺——心口如一的感覺。

「謝謝。」

隔天早上，一群大叔前來搜救，我們平安無事地下了山。

「幸好你們還活著。」

事後成瀨對我們如此說道，我也這麼想。

星期日晚上，我走在外頭，看到平凡無奇的橋墩聚集了一群人。是有什麼活動嗎？還是有藝人來了？我如此暗想，仔細一瞧，發現那些人都在看手機，才知道是在玩寶可夢ＧＯ。

成瀨也在那群人之中，我們的視線瞬間對上了。

「等等，青木，我現在很忙。」

「沒關係，再見。」

我正要離開，但成瀨抓住我的手說：「等一下。」

反正我閒著沒事幹，便窺探成瀨的手機，只見精靈球飛了出去。

「成瀨，原來妳有在收集寶可夢啊？」

「這需要走路，可以順便運動。你的興趣是什麼？」

「妳聽了不會對我反感？」

「都什麼交情了。」

「我喜歡殺人遊戲。」

「很普通吧。男生不都是這樣？」

成瀨頻頻動手指，抓住目標寶可夢，喃喃說了聲「好！」之後，把手機塞進牛仔褲口袋裡，對我說道：

「這根本連心理陰暗面都稱不上。你是笨蛋啊？」

經成瀨一本正經地一說，我開始覺得從前一直對這點感到心虛的自己很愚蠢。

「我們散散步吧。」

成瀨說道，沒等我回答便率先邁開腳步，我連忙跟上。

雖然不是有事要去另一頭，我們還是一起走過巨大的鐵橋。

「青木，你覺得殺人遊戲玩多了，就會殺人嗎？」

「可是科倫拜高中的槍手就是在玩這類遊戲。電視上不是也常說嗎？因為分不清妄想和現實才殺人。」

成瀨輕輕地笑了，一面走路，一面朝天空伸出雙手。

「大人還不是一樣，遇上自己不知道的事，懶得查證、體驗或聆聽別人的說法，光憑著自己的心情、感覺和自以為是的妄想下結論。有些人就是這樣，無法區別自己的妄想和現實。仔細想想，人類其實是活在妄想之中啊。」

偌大的河面反射著街道的燈光，波光粼粼。

「不過，戀愛也是這樣。」

成瀨說道，我察覺到她打算說什麼了。

「不了解對方，胡亂妄想，並愛上自己心裡的妄想，根本不知道對方其實是個什麼樣的人。就像從前你喜歡我，我喜歡你一樣。」

走著走著，尋常的景色就像電影的工作人員名單一樣流動著。

「我一直在想，人大概不是因為特定理由而喜歡上另一個人，而是喜歡上以後才找理由。之所以相信自己找到的理由，只是想求心安。喜歡的理由越正常，生存越不會遭受威脅。我想，套用你的說法，大家都在找尋分數。看不見分數，對方的輪廓似乎就會融化消失，這是一件令人害怕的事。

我之所以喜歡上分數比曾山低的你，是因為覺得你不會傷害我，而且八成喜歡我，最重要的是會聽我擺布。不過，沒想到在你跌落谷底以後，我還是喜歡你。我一直在想，這是為什麼呢？沒了你在我面前塑造的形象，沒了一切，我想……」

成瀨停下腳步看著我。

那張漂亮的臉龐像是萬里無雲的天空一般清澈。

「我喜歡的，應該是真實的你的單純。

比起你為了保護單純的自己而遮遮掩掩的那時候，我更喜歡現在這個不加修飾的你。

所以，青木，我希望你維持單純的樣子。

我不希望你是因為覺得必須跟我交往而做出這樣的決定。

希望你公平地考慮。」

看在我的眼裡，成瀨十分光明磊落。

「我明白了。」

我一臉認真地說道，成瀨靦腆地垂下臉來，喃喃說道：

「我是頭一次這麼沒自信，心臟撲通亂跳。」

兩人沉默片刻。

經過的自行車帶來的風吹動我們的衣服，催促我們踏上歸途。

回到家時，這些天來一直忙著準備婚禮的姊姊正坐在緣廊上喝燒酒。

我在她的身旁坐下來，她露出「幹嘛？」的表情，而我回以「沒事」的表情問道：

「欸，姊，妳從前學生時代有男性朋友嗎？」

「當然有啊。」

「他們會來參加婚禮嗎？」我詢問。

「怎麼可能會來？」姊姊笑道：「這麼一提，為什麼呢？我邀請的男人只有公司的人。我不認為大家都是這樣，不過……」

「妳可以邀邀看啊。」

我試著建議。意外的是，姊姊坦率地說：「我試試看好了。」開始滑手機。

「欸，姊。」

我決定詢問這個好奇許久的問題，因為我覺得，以後或許沒機會像這樣單獨說話了。

「妳為什麼要和那個人結婚？」

「因為沒有錢不能生活。」

姊姊回答，視線沒有從手機抬起來。

「這就是現實。我已經過了把理想當飯吃的年紀。」

「這樣真的好嗎？」

我問道，姊姊一臉不悅地看著我。

「我想要小孩，養小孩需要很多資源。就這樣。」

接著，姊姊的表情稍微緩和下來，將視線移向外頭的天空。

「不過，孩子出生以後，我會只用理想教育他。」

姊姊拿起手邊的指甲剪，開始剪腳指甲。

「如果是生女孩，她第一個喜歡上的一定是跑得快的男生吧。」

姊姊想像著未來的時候，只有剪指甲的聲音響徹四周。

「好累喔。」

她打了個小小的呵欠。

「不過，你可以把理想當飯吃，因為你還是小孩。」

說著，姊姊輕輕拍了拍我的頭。

「嗯。」

我站起來，打算回自己的房間。踏上樓梯的時候，我終究抑制不住好奇心，詢問姊姊：

「妳現在還是喜歡小康嗎？」

姊姊好一會兒都沒有答話。

剪指甲的聲音停止了，變得好安靜。

隔了很久以後，姊姊說道：「不告訴你。」

我說了聲「晚安」，上樓去了。

午休時間，我和春日兩人一起坐在學校操場邊的長椅上吃麵包。

「青木，你最近變了。」

「是嗎？」

「好像不再在意別人的眼光。」

「嗯。」

我咬了口麵包。

「因為發生了很多事。」

「的確發生了很多事。」

「應該是受到妳的影響吧。」

聽我這麼說，她有些開心地笑了。

「是我贏了？」

「我們有在比賽嗎？」

我說道，春日目不轉睛地看著我。

「好啦。」

陽光好耀眼。

「是我輸了。」

此時，成瀨看見我們，走上前來。

「你們在聊什麼？」

「在說青木變得帥氣一點。」

聞言，成瀨用雙手的拇指和食指做出相機觀景窗，瞇起一隻眼睛看著我。

「有嗎？」

接著，她用順道一提的口吻說道：

「我們三個最後一起做些開心的事吧，留作紀念。」

我和春日面面相覷。

「要不要去夏日祭典？」

成瀨拿出不知道從哪來的宣傳單給我們看。

隊伍排得好長，快累死我了。

夏日祭典當天，我、春日和成瀨三人一起下了電車，只見從車站通往會場的陸橋上擠滿人。

「看了就好累。」

明明是提案人，成瀨卻率先打起退堂鼓。

「我應該不行。」

「我也是。」

於是，我們逃離了夏日祭典會場，隨意漫步。

就這樣脫離普通的青春軌道。

我們在附近的公園裡發現一個被丟棄的飛盤，拿來扔著玩，一下子就玩膩了，三個人一起坐在長椅上喝果汁。

「青木喝七喜吧？」成瀨買了飲料來。

「我們來比賽誰說的事最不重要。」春日說道。

「我姊姊又交了新男友，一樣馬上就分手了。」

「我比去年長高兩公分。」

「昨天我打破了盤子。」

春日獲勝。

「猜拳吧。」為了把春日說的無聊事弄得有趣一點，我和成瀨不發一語、面無表情地以零點零秒的反應速度迅速出了剪刀。

「你們看，我很會扮鬼臉。」

春日開始扮鬼臉，我啼笑皆非地吐嘈：「妳是害怕沉默的人嗎？」

「因為……」

春日一閉上嘴巴，公園突然變得安靜無聲。

「沉默很恐怖嘛。」

春日的眼睛變得越來越清澈，我暗自心驚。

「沉默會帶來真相。」

或許真是如此，其實我們都在害怕。

不過，現在我知道，對任何人都不敞開心房才是最可怕的。不斷敷衍他人，不知不覺間會連自己的心都一起敷衍。我不希望到最後變得麻木不仁，連自己的真實感受都不明白。

「青木呢？」

一直保持沉默的成瀨開口說道：

「你喜歡誰？」

「我……」

實話實說是件很困難的事。

稍一鬆懈，就會想走捷徑。

就連表達心意時也是這樣，世上充斥著方便的告白台詞，要找不一樣的詞語真的很難。

「我喜歡成瀨。」

該怎麼做，才能正確表達？

「我喜歡誠實，就算害怕也能坦率表露自我而且體貼別人的成瀨。」

不過——

「不過，我更喜歡春日。

我喜歡懦弱、愛哭、愛鑽牛角尖，看起來不用大腦、橫衝直撞，其實一直在煩惱的春日。

如果理想不能當飯吃的那一天來臨，和我一起煩惱的會是春日。

我想和春日永遠一起煩惱下去。」

「……是嗎？」

成瀨深深地長嘆一聲，用雙手摀住臉。

我有點擔心，窺探她的臉。

「我還以為自己會傷心流淚。」

成瀨在笑。

「沒想到其實還好。」

她站了起來，用舒坦的口吻說道：

「不過，這段時間很充實，我不會忘記的。」

成瀨就這麼走出公園。

「成瀨同學。」

春日對著成瀨的背影呼喚：

「下個禮拜我們一起去買衣服吧。」

成瀨停下腳步，思考了一會兒。

「好啊。」

她說道。

「再見。」

成瀨獨自離去了。

我和春日留在鴉雀無聲的公園裡。

好一陣子，我們只是默默望著夜空。

「要不要坐過來一點？」

春日說道，我照做了。

「為什麼我會和青木交往？真是不可思議。」

春日一副百般無奈的樣子，嚇了我一跳。

「好奇怪喔。」

「我覺得……」

我牽起春日的手，放到眼前。

「第一次和妳說話的時候，我就開始改變了。」

我微微地轉動手腕，扣住春日的手，而她也配合我放鬆力氣。

「我應該會喜歡和妳在一起以後逐漸改變的自己。」

春日拉過了手。

「改變雖然可怕……」

我們的身影重疊。

「不過，我應該會喜歡逐漸改變的你。」

兩人凝視著彼此。

「我們能夠永遠在一起嗎？」

「視努力而定。」

「是啊。」

兩人同時嘆了口氣。

第十章

「欸，你想和我一起做什麼事？我想去夜間泳池。」

「好蠢的夢想。為什麼？」

「想嘗試一下現充做的事啊。」

「比如去遊樂園坐旋轉木馬之類的？」

「吃刨冰吃到頭痛。」

「我們想像的現充好像有點怪怪的。」

「沒辦法，因為我們一直都是怪怪的。」

「從現在開始充實就行了。」

「嗯。」

春日的臉龐近在眼前，目不轉睛地望著我。

「以後會有很多開心的事。」

但願如此。

過了幾個月，在受了點小傷的隔天早晨，我打開衣櫃看見綠色的骷髏頭毛衣。

是小康送我的毛衣。

我決定穿這件衣服出門。

就算掃興、白目、無法和人正常交談，至少不必勉強說不想說的話、做不想做的事。我只想誠實地活下去。

為何如此理所當然的道理，我從前居然不明白？春日說得一點也沒錯。

正當我在玄關穿布鞋時，看見我的姊姊出聲說道：

「那件毛衣真讓人懷念。不過，你怎麼會想穿啊？」

「沒什麼。別人對自己的看法雖然重要，但是我不再把這些看法內化了。」

「呃，你的高二病總算治好了的意思？」

我可不希望如此惱人、痛苦、讓人無助想哭的事，被單用一句「國二病」或「高二病」帶過。

「哎，妳要這樣說也行啦。」

我穿上鞋子，走出家門。

這不是我得過且過的故事。

更不是我靠著某種奇特力量變成英雄的成功故事。

這是個更加真實、更加切實，而且十分平凡的故事。

是我找回自我的故事。

並了解何謂特別的故事。

我在校門前遇到春日，嚇了一跳。

「青木，你今天的衣服很帥耶。」

「春日，妳的服裝品味已經沒救了。」

我們相視而笑，一起走向教室。

「對了，青木，你為什麼拄拐杖？」

「不小心跌倒，骨折了。」

「少騙人。」

我在門口做了個深呼吸。

雙腳緊張得幾乎無法動彈。

春日拍了我的屁股一下。雖然力道稍嫌過大，不過現在這種事不重要。

「別擔心，有我在。」

春日說道，而我也笑了。

「就靠妳了。」

「對了，青木，xvideos 是什麼？」

「哦，原來妳是在不知道的狀況下說的啊？」

我慎選詞語。

「跟 YouTube 差不多的東西。」

「居然要把影片散布到那種地方？真卑劣。」

「就是說啊。」

老實說，我現在偶爾還會看到分數。

一直盯著看的話，就會有種感覺，彷彿又要變回過去的自己。

一看見分數，狡猾的自己便會悄悄探出頭來，心靈又快被算計得失給支配。

這讓我很害怕。

這種時候，我總是閉上眼睛深呼吸。

輪番想起姊姊、小康、成瀨、春日……爸媽的面容。

說來不可思議，只要這麼做，分數就會變得一點也不重要。

第十章

多虧他們，我才能保持正常。
我睜開眼睛。
每個人都有看不見的分數。
我們總是被這些分數左右。
或許分數很重要。
是在這個世界生存所必須的。
即使如此，我還是想珍惜無關分數的事物。
現在的我是真心這麼想。
回頭一看，絕望與冷笑正等著包圍我們。
不過，我不會讓絕望奪走我們現在絕無僅有的時光。
我相信理想。
船到橋頭自然直——我不負責任地把這句話丟給幾秒後的自己，什麼也不想，專注於眼前的一步之上。
如此這般，我踏入了有苦也有甜的教室裡。

後記

我頭一次意識到自己的分數，是在大學四年級的時候。

找工作時，我上網瀏覽了許多資訊，看到「就業偏差值」這個詞。

某個網站從待遇、規模等各式各樣的標準，替社會上的眾多公司打分數，評定等級。公司的分數越高，要進去工作就越難。就業難易度排行榜，活像考大學的偏差值。

不過，不光是如此。就像考試有大學的偏差值和自己的偏差值，接受面試的學生也會被打上各種分數。就讀大學的偏差值是一項衡量標準，其他像是多益分數、是否參加過體育校隊或社團活動或志工活動、有無高門檻執照、就讀科系與商業是否相關等各種要素，都會對分數產生影響。

看著這些網路上的留言，我漸漸產生一種想法：求職的時候，找分數和自己相當的公司是不是比較好？如果好高騖遠，盡找沒希望錄取的公司，只會浪費時間，最後落得「未錄取通知」，也就是沒工作的下場。

至於當時的我，讀的是偏差值不上不下的私立大學，而且是文學系，沒有任何一技之長。我冷靜地替自己評分，得到令我愕然的結果。

原來我是個沒什麼大不了的人。

在那之前，我從未這麼想過。

面對自己的低分，我心裡很不舒服，覺得不該是這樣。

後來，我決定盡量找份錢多事少免加班，可以讓我有時間寫小說的工作。我看過許多小說家的專訪，這樣的人很多。我並不在乎工作內容。就這樣，我專找符合自己分數水準的公司，接受面試，找到了工作，成為社會人士。

當時的我應該是把這類分數內化了。

就像小說裡的青木一樣。

另一方面，我的周遭有人沒找到工作，成為打工族，有人成了漫畫家，有人進入分數很高的企業工作，有人完全不在乎分數，進入分數雖低但自己想去的企業工作，還有人從事自由業、突然去留學、讀研究所立志當研究員，形形色色。大家都是做著自己想做的事。

聽到我找了份普通的工作，不知何故，大多數的人都會露出像是覺得掃興，又像是覺得無聊的反應。

這讓我覺得自己成了個很無趣的人。

在公司工作，漸漸地，我不再寫小說了。每天我都這麼告訴自己：雖然不算很棒、雖然夢想沒有實現，但這種人生也不壞。

接受吧。長大成人就是這樣，放聰明點吧。

不過，在人生的某些瞬間，正要做選擇的時候，比如該結婚嗎？或是該分手？甚至是更無聊的選擇，比如該不該買昂貴物品、猶豫不決的時候，十幾歲的自己總是在心中對著我發脾氣。

你根本一事無成。

你的人生是零分。

我跌坐在廚房的地板上，一陣茫然。

我承認，我的人生確實是零分。

我自認活到現在，累積了不少分數。不過這些分數在社會上有價值，對我卻毫無價值。

在情緒跌落谷底的時候察覺這件事，我心中的分數頓時變得全無意義，只留下我認為重要的東西。

於是我坐到電腦前，默默地寫起小說。

以下是感謝詞。

謝謝替我繪製封面插畫的 loundraw 老師。雖然向來如此，但看到插畫以後，讓我對自己的作品產生了自信與榮耀。責編湯澤編輯、遠藤編輯，很抱歉，寫作過程不太順利。

為了出版這本書而盡心盡力的所有人士，謝謝各位。

這麼一提，最近我搬到東京近郊，過著睽違已久的獨居生活，鮮少和人見面，總是窩在家裡。最近還買了一套不錯的桌椅。我會繼續努力下去。

佐野徹夜

國家圖書館出版品預行編目資料

無法計算的青春 / 佐野徹夜作；王靜怡譯. -- 初版. -- 臺北市：臺灣角川, 2019.11
面； 公分. --（角川輕.文學）
譯自：アオハル・ポイント
ISBN 978-957-743-396-1(平裝)

861.57 108016280

輕文學
Light Literature

無法計算的青春

原著名＊アオハル・ポイント

作　　者＊佐野徹夜
插　　畫＊ loundraw
譯　　者＊王靜怡

2019 年 11 月 20 日　初版第 1 刷發行
2023 年 3 月 15 日　初版第 3 刷發行

發 行 人＊岩崎剛人
總　　監＊呂慧君
總 編 輯＊蔡佩芬
主　　編＊李維莉
美術設計＊李曼庭
印　　務＊李明修（主任）、張加恩（主任）、張凱棋

台灣角川

發 行 所＊台灣角川股份有限公司
地　　址＊104 台北市中山區松江路 223 號 3 樓
電　　話＊（02）2515-3000
傳　　真＊（02）2515-0033
網　　址＊www.kadokawa.com.tw
劃撥帳戶＊台灣角川股份有限公司
劃撥帳號＊ 19487412
法律顧問＊有澤法律事務所
製　　版＊尚騰印刷事業有限公司
I S B N＊978-957-743-396-1